손안의 진리 6

사랑하는 하느님 이야기

라이너 마리아 릴케 지음

김재혁 역

서정시학

역자 약력

현재 고려대학교 문과대학 독어독문학과 교수이며 시인, 번역가이다. 저서로는『릴케와 한국의 시인들』『바보여 시인이여』『릴케의 작가정신과 예술적 변용』『아버지의 도장』(시집)『내 사는 아름다운 동굴에 달이 진다』(시집) 등이 있고, 옮긴 책으로는『릴케전집1-기도시집 외』『릴케전집2-두이노의 비가 외』『릴케: 영혼의 모험가』『젊은 시인에게 보내는 편지』『소유하지 않는 사랑』『노래의 책』『로만체로』『넙치 1, 2』『푸른 꽃』『베를린 알렉산더 광장』『더 리더: 책 읽어주는 남자』『말테의 수기』『젊은 베르테르의 슬픔』『겨울 나그네』『골렘』외 다수가 있다. 독일에서『Rilkes Welt』(공저)를 출간했으며, 오규원의 시집『사랑의 감옥』을 독일어로 옮겼다.

손안의 진리 6

사랑하는 하느님 이야기
─────────────
2011년 10월 25일 초판 1쇄 발행

역 자 · 김재혁
편 자 · 최동호
펴 낸 이 · 김구슬
펴 낸 곳 · 서정시학
편집 교정 · 최진자
인 쇄 · 서정문화
주 소 · 서울시 성북구 동선동 1가 48 백옥빌딩 6층
전 화 • 02-928-7016
팩 스 • 02-922-7017
이 메 일 • poemq@dreamwiz.com
출판등록 • 209-07-99337
ISBN 978-89-94824-41-3 03810

값 9,900원

사랑하는 하느님 이야기

라이너 마리아 릴케(1905)

서문을 대신하여

하느님의 두 손에 대한 동화

◈ 차 례 ◈

나의 벗에게, 언젠가 이 책을 당신 손에 쥐어드렸지요. 이 세상 누구보다 당신은 이 책을 아끼고 사랑했어요. 그러다 보니 나는 어느 새 이 책이 당연히 당신 거라고 생각하게 되었죠. 그러므로 당신이 갖고 있는 책뿐만 아니라 여기 이 새로 찍은 모든 책에 당신의 이름을 써넣는 것을 허락해주셨으면 합니다.

『사랑하는 하느님 이야기』는
엘렌 케이 여사의 것입니다

라이너 마리아 릴케.
1904년, 로마에서

하나

하느님의 두 손에 대한 동화

얼마 전의 일이다. 아침에 나는 이웃에 사는 여자와 마주
쳤다. 우리는 서로 인사를 나누었다.

　"가을 날씨 한번 좋네요!"

　이웃집 여자는 잠시 사이를 두었다가 이렇게 말하며 하늘
을 올려다보았다. 나도 그녀가 하는 대로 따라했다. 시월 날
씨 치고는 화창하고 멋진 아침이었다.

　아닌게아니라 문득 나도 그런 느낌이 들어,

　"가을 날씨 한번 좋군요!"

하고 소리치며 양손까지 살짝 흔들었다. 그러자 이웃집 여자도
동감한다는 듯 고개를 끄덕였다. 나는 그녀의 얼굴을 잠깐 쳐다
보았다. 착해 보이는 그녀의 건강한 얼굴이 사랑스레 위아래로
움직이고 있었다. 그녀의 얼굴은 아주 밝았으며, 다만 입술 언

저리와 관자놀이에만 그늘진 잔주름이 보였다. 어쩌다 저런 주름살이 생겼을까? 그때 나는 불쑥 이렇게 물었다.

"댁의 꼬마 아가씨들은 잘 있나요?"

그녀의 얼굴에 난 주름들은 일순 없어지나 싶더니 이내 다시 깊은 골을 만들었다.

"건강해요, 다행히도, 하지만…"

이웃집 여자는 발걸음을 떼어놓았다. 그러다 보니 나는 이제 자연스레 그녀의 왼쪽에서 걸었다.

"애들이 한참 뭘 물어보는 나이잖아요. 하루 종일이 뭐예요, 한밤중까지 그래요."

"네." 나는 우물거렸다. "물론, 그럴 때가 있지요…"

그러나 그녀는 내 말에 아랑곳하지 않고 하던 말을 계속했다.

"우리 애들이 하는 질문은 '이 마찻길은 어디까지 가?', '하늘에는 별이 몇 개야?' '만(萬)이 '많이'보다 더 많은 거야?' 뭐, 이런 게 아니에요. 아주 별난 것을 물어요. 이를테면요. '하느님은 중국어도 할 줄 알아?' '하느님은 어떻게 생겼어?' 늘 하느님에 대해서만 물어요. 어떻게 답을 해줘야 할지."

"네, 그러시겠어요." 나는 그녀의 말에 장단을 맞추어주었다. "그냥 추측만 해보는 거죠…"

"애들이 하느님의 손에 대해 물으면 정말 어떻게 대답을 할지…"

나는 이웃집 여자를 뚫어지게 쳐다보았다. "실례합니다만." 나는 예의를 갖추어 말했다. "혹시 하느님의 손이라고 하셨나요?"

이웃집 여자는 고개를 끄덕였다. 내 생각엔 좀 의아해 하는 것 같았다. 나는 얼른 이렇게 말을 덧붙였다.

"하느님의 손 이야기에 대해 제가 좀 들은 게 있어서요, 우연이지만요…"

나는 그렇게 말하며 그녀의 눈이 휘둥그레지는 것을 보았다.

"아주 우연히 말인데요… 그러니까…"

나는 아예 작정을 했다.

"제가 아는 대로 이야기를 해드릴게요. 혹시 시간이 되신다면, 집까지 바래다드리죠. 그 정도 시간이면 충분할 거 같군요."

"네, 좋아요." 그렇게 말하면서도 그녀는 여전히 어리둥절한 표정이다. "혹시 아이들한테 직접 이야기해주시면 안 될까요?"

"저보고 아이들한테 직접 이야기하라고요? 안 됩니다, 부인. 그건 안 돼요. 절대 안 됩니다. 저는 아이들하고 이야기하다 보면 금세 당황하거든요. 당황하는 게 나쁘다는 말은 아니고요. 그런데 당황하는 모습을 보면 아이들은 제가 거짓말을 하고 있다고 생각할 겁니다… 저는 이야기의 진실성을 중요하게 생각하거든요. 제 이야기를 듣고서 부인이 아이들한테 들려주세요. 부인이 하면 훨씬 잘할 수 있을 겁니다. 이야기에 살도 붙이고 장식도 하고요. 그러면, 간단한 내용을 아주 짧게 말씀드릴게요. 네?"

"좋아요, 그러세요."

이웃집 여자는 황망히 말했다.

나는 생각에 잠기며 말했다.

"태초에…"

그러나 나는 이내 하던 말을 멈추었다.

"제가 아이들한테 들려주려는 이야기들 중 그래도 몇 가지는 이미 알고 계시겠죠? 이를테면 천지창조 이야기 같은 거 말입니다."

꽤 오랜 휴지(休止)가 생겼다.

그러다 이윽고

"그래요. 그러니까 일곱 번째 날에…"

그 착한 부인의 음성은 높고 톡톡 쏘는 듯했다.

"잠깐만요!" 내가 말을 잘랐다. "그 이전의 날들까지도 생각해보죠. 바로 그날들이 중요하니까요. 잘 아시겠지만,

16　사랑하는 하느님 이야기

하느님은 일을 시작하셨어요. 그래서 땅을 만드시고, 땅과 물을 구별하셨지요. 그런 다음 빛이 있으라 명하셨죠. 이어서 경탄할 만한 속도로 사물들을 만드셨어요. 지금 우리가 보는 바위나 산, 한 그루 나무, 그리고 이 나무를 본 따서 다른 많은 나무들을 만드셨습니다."

이때 나는 아까부터 우리의 뒤를 따라오는 발걸음 소리를 들었다. 그 발걸음은 우리를 앞지르지도 않고 그렇다고 뒤처지지도 않았다. 좀 신경이 쓰였지만, 나는 창세기 이야기에 몰두하여 이렇게 말을 이었다.

"하느님이 어떻게 이렇게 신속하게 성공적으로 일을 해냈는지를 이해하려면 알아야 할 게 있어요. 바로 하느님은 오랜 동안 깊이 생각한 후 모든 것을 머릿속에서 마무리 지어 갖고 계시다가 이윽고…"

그때 마침내 그 발걸음 소리가 우리 옆에 와 있었다. 그리고 별로 달갑지 않은 목소리가 우리에게 끈끈하게 들러붙었다.

"어머, 슈미트 씨 이야기를 하시나 봐요. 죄송해요…"

나는 못마땅한 표정으로 꼽사리로 끼어든 그 여자를 쳐다보았다. 한편 이웃집 여자는 어쩔 줄 몰라 했다. "흠흠." 그녀는 헛기침을 했다. "그게 아니고요. 그러니까, 그래요, 우리는 말이죠, 지금, 그러니까…"

"가을 날씨 한번 좋네요."

상대편 여자가 느닷없이 말했다. 마치 아무 일도 없었다는 투였다. 작고 불그스레한 그녀의 얼굴에서는 빛이 났다.

"네." 이웃집 여자가 대꾸해주는 소리가 들렸다. "정말 그래요, 휘퍼 부인. 간만에 날씨가 정말 좋군요."

이윽고 두 여자는 헤어졌다. 휘퍼 부인이 여전히 킥킥대며 말했다.

"댁의 꼬마들한테 내 안부 말 좀 전해줘요."

착한 이웃집 여자는 그런 건 아랑곳하지 않았다. 그녀는 내 이야기가 궁금한 눈치였다. 그러나 나는 왠지 딱딱한 투로 말했다.

"그러는 통에 어디까지 얘기하다 말았는지 모르겠군요."

"하느님의 머릿속 이야기까지 하셨어요. 그러니까…"

이웃집 여자는 얼굴이 빨개졌다.

좀 미안한 생각이 들어서 나는 서둘러 이야기를 이어갔다.

"그러니까 말이죠. 사물들을 만드는 동안엔 하느님은 땅을 줄곧 내려다보고 있을 필요가 없었어요. 별일이 생길 리 없었거든요. 어느 새 산들 위로는 바람이 불었지요. 산들은 생김새가 전부터 바람이 잘 알고 있던 구름과 비슷했습니다.

바람은 나무들의 우듬지가 못 미더운지 슬쩍 피해갔어요. 하느님은 그게 다행스러웠어요. 하느님은 사물들을 만들 땐 좋았거든요. 짐승들을 만들기 시작하고서야 하느님은 흥미를 느끼기 시작했습니다. 하느님은 허리를 구부리고 짐승들을 만드시다가, 아주 가끔씩 눈썹을 치켜 올리고서 지상을 내려다보았지요. 인간을 만드는 동안엔 하느님은 지상의 일은 까맣게 잊고 있었습니다. 하느님이 정확히 인간의 어느 부위를 만들고 있었는지 모르지만 그때 하느님의 귀에 날갯짓 소리가 요란하게 들려왔습니다. 천사 하나가 날아가며 노래를 불렀지요.

'만물을 보시는 하느님…'

하느님은 소스라치게 놀랐지요. 하느님이 천사에게 죄를 짓게 한 꼴이 되었으니까요. 왜냐하면 방금 천사가 노래한 것은 거짓말이었거든요. 하느님은 얼른 지상을 내려다보았어요. 아니, 벌써 돌이킬 수 없는 무슨 일인가가 벌어졌던 겁니다. 웬 작은 새 한 마리가 두려운지 지상 위를 헤매고 있었어요. 하느님도 작은 새를 집으로 데려다줄 수 없었어요. 그 불쌍한 짐승이 어느 숲에서 왔는지 보지를 못했거든요. 하느님은 격노하여 말했어요.

'새들은 원래 내가 놓아두었던 자리에 있어야 해.'

그때 하느님은 천사들의 소청에 따라 새들에게 날개를 빌려주었던 기억이 났어요. 원래는 지상에도 천사 같은 존재가 있는 게 좋다고 생각했었기 때문이죠. 기분이 이럴 땐 일만큼 좋은 것도 없죠. 그래서 하느님은 다시 인간 만드는 일에 몰두했습니다. 그랬더니 금세 기분이 좋아졌습니다. 하느님은 천사의 눈을 거울삼아 앞에 두고서 그 눈에 비친 자신의 표정을 잘 살펴본 다음 무릎 위에 올려놓은 공에다 최초의 얼굴을 천천히 조심스럽게 만들기 시작했지요. 먼저 이마를 성공적으로 만들었어요. 이보다 훨씬 어려운 것이 콧구멍 두 개를 대칭으로 만드는 일이었어요. 하느님이 허리를 구부리고 그 일에 열중하고 있는데, 다시 머리 위에서 바람 스치는 소리가 났어요. 하느님은 올려다보았습니다. 아까 그 천사가 주위를 빙빙 돌고 있었어요. 이번엔 노랫소리가 안 들렸죠. 이 친구는 아까 거짓말을 한 대가로 목소리를 잃었거든요. 그래도 하느님은 천사의 입 모양새를 보고 여전히 같은 노래를 부르고 있다는 걸 알았죠. '만물을 보시는 하느님…'이라고.

그때 하느님의 큰 사랑을 받고 있는 성 니콜라우스가 다가와 큰 수염 사이로 말했어요.

'하느님께서 만드신 사자들은 조용히 앉아 있군요. 정말 거만하기 짝이 없는 짐승이죠. 네, 그렇습니다! 그런데 웬 개한 마리가 지구의 맨 끝에서 뛰어다니고 있어요. 보시다시

피, 테리어 개군요. 저러다 지구에서 떨어지겠네요.'

실제로 하느님은 뭔가 하얀 반점 같은 것이 스칸디나비아 지역에서 조그만 빛처럼 경쾌하게 톡톡 튀며 무시무시하게 커지는 것을 발견했습니다. 하느님은 노여워져 성 니콜라우스에게 자신이 만든 사자들이 마음에 안 들면 직접 나서서 한번 만들어보라고 나무랐습니다. 그러자 성 니콜라우스는 하늘나라에서 나가면서 문을 쾅 하고 닫았지요. 그 바람에 별 하나가 곧장 테리어의 머리에 떨어졌어요. 드디어 불행한 일이 일어났지요. 사랑하는 하느님은 모든 게 자기 책임임을 통감하지 않을 수 없었지요. 그래서 다시는 지구에서 눈을 떼지 않기로 작정했답니다. 그리고 실제로 그렇게 했지요. 그래서 하느님은 자기만큼이나 현명한 자신의 두 손에게 일을 맡겼어요. 하느님은 인간의 생김새가 어떻게 만들어져 가는지 궁금하기 짝이 없었지만, 한시도 눈을 떼지 않고 지상을 내려다보았어요. 지상에서는 보란 듯이 조그만 나뭇잎조차 꼼짝도 안 했지요. 그런데 하느님은 고생을 할 만큼 한 터라 조그만 기쁨이라도 맛보기 위해 자신의 두 손에게 인간이 다 완성되면 생명을 불어넣어주기 전에 먼저 자기한테 보여 달라고 명령을 했지요. 하느님은 아이들이 숨바꼭질할 때처럼 거듭해서 물었어요.

'다 됐니?'

그러나 대답 대신 두 손이 반죽하는 소리만 들렸지요. 그래서 하느님은 기다렸습니다. 기다리는 그 시간이 한정 없이 길게 느껴졌어요.

그런데 그때 별안간 허공을 가르며 뭔가 떨어지는 게 보였어요. 뭔가 거무스름한 물체가 하느님이 있는 쪽에서 떨어진 듯했어요. 하느님은 불길한 예감이 들어 두 손을 불렀어요. 이들은 진흙투성이 모습으로 나타났어요. 시뻘건 모습으로 벌벌 떨었어요.

'인간은 어디 있느냐?'

하느님은 이들을 다그쳤어요.

그러자 오른손이 왼손에게 대들며 말했어요.

'네가 인간을 풀어주었잖아!'

'잠깐만.' 왼손이 발끈하며 말했어요. '넌 혼자서 다 하려고 했잖아. 나한테는 말할 틈조차 안 줬다고.'

'그래도 넌 인간을 꼭 잡고 있었어야 해!' 그리고 오른손은 한 대 내려칠 듯이 손을 치켜 올렸어요. 그러다가 생각을 바꾸었지요. 이윽고 두 손은 서로 앞서거니 뒤서거니 하며 말했지요.

'인간은 정말 성미가 급했어요. 당장이라도 살아 움직이려 했거든요. 우리 둘은 어쩔 도리가 없었어요. 정말이에요. 우리 둘은 아무 죄도 없어요.'

하느님은 노발대발했지요. 하느님은 두 손을 밀쳐내 버렸어요. 하느님이 제대로 지상을 내려다보지 못하게 만들었으니까요.

'앞으로 너희를 아는 척도 안 할 테다. 너희 마음껏 만들테면 만들어라.'

그래서 두 손은 그 뒤로 시도를 해보았지요. 하지만 아무리 해도 늘 시작만 할 뿐이었어요. 하느님의 도움 없이는 완성은 요원한 일이었습니다. 그러다 두 손은 완전히 지쳐버렸어요. 이제 두 손은 하루 종일 무릎을 꿇고 참회를 합니다. 적어도 그렇게들 말하지요. 그러나 제가 보기에는 하느님이 일을 멈추고 쉬게 된 건 두 손 때문에 화가 나서 그랬던 것 같아요. 그러니 늘 일곱 번째 날로 끝나버린 거죠."

나는 잠시 침묵했다. 이웃집 여자는 약삭빠르게 이 기회를 틈타 말했다.

"앞으로 화해는 없을까요?"

"아, 그렇진 않습니다." 내가 말했다. "전 화해가 이루어지길 바랍니다."

"그게 언제쯤일까요?"

"아마, 그건, 두 손이 자기들 멋대로 풀어준 인간의 생김새가 어떤지 하느님이 알고 나서나 가능하겠죠."

이웃집 여자는 곰곰이 생각하더니 웃으며 말했다.

"그야 하느님이 지상을 한 번 내려다보시기만 하면 금방 아실 텐데요…"

"죄송합니다만." 내가 공손하게 말했다. "말씀 듣고 보니 통찰력이 있으시군요. 하지만 제 이야기는 다 끝난 게 아닙니다. 그러니까, 두 손이 물러나고 나서 하느님이 다시 지상을 내려다보았을 땐 다시 일 분—아니 천 년이라 해도 상관없고요. 다 아는 얘기지만 그게 그거니까요. —이 흐른 뒤였죠. 그랬더니 한 명의 인간이 아니라 어느 새 백만 명이 넘는 인간들이 있었지요. 그런데 한결같이 옷을 걸치고 있었어요. 게다가 당시에 유행하던 옷들은 보기가 흉해서 사람 얼굴까지 이상하게 만들어놓았지요. 그래서 하느님은 인간에 대해 아주 잘못된 그리고 (사실 이런 이야기를 감추고 싶진 않은데요) 아주 나쁜 인상을 갖게 되었습니다."

"흠."

이웃집 여자는 뭔가 한마디 하고 싶은 모양이었다. 나는 그걸 그냥 무시하고 다음과 같은 말로 끝을 맺었다.

"그러니 하느님께서 우리 인간들의 진정한 모습을 아셔야 합니다. 그걸 하느님께 말씀 드릴 수 있는 사람들이 있으니 정말 기쁜 일이죠…"

이웃집 여자는 아직 기쁘지 않은 눈치였다.

"그 사람들이라는 게 대체 누구죠?"

"그야 아이들이죠. 그리고 가끔은 그림을 그리거나 시를 쓰거나 뭔가를 짓는 사람들이 될 수도 있고요…"

"뭘 짓죠? 교회요?"

"그렇습니다, 그밖에 다른 것도요. 그리고 일반적으로…"

이웃집 여자는 천천히 고개를 가로저었다. 대체로 납득이 안 간다는 투였다. 우리는 이미 그녀의 집을 지나쳤기 때문에 발길을 돌려 다시 천천히 걸었다. 갑자기 그녀는 신이 나서 웃었다.

"그런데 참말로 얼토당토않아요. 하느님은 모르는 게 없는 분이시잖아요. 이를테면 말이죠, 하느님이라면 그 작은 새가 어디서 날아왔는지 분명 알고 계셨을 거예요."

그녀는 의기양양한 눈빛으로 나를 쳐다보았다.

솔직히 나는 조금은 당혹스러웠다. 그러나 나는 다시 마음을 가다듬고 사뭇 진지한 표정을 지어 보이며 말했다. "부인." 나는 깨우쳐주듯이 말했다. "사실 이건 하나의 이야기일 뿐입니다. 저의 이 말을 그냥 평계로 생각하실까 봐(그녀는 물론 그렇지 않다며 격하게 손사래를 쳤다), 간단히 이렇게 말씀드릴게요. 하느님은 물론 모든 속성을 다 갖고 계세요. 하지만 이 속성들은 말하자면 세상에 쓰기 전엔 하느님이 보기에 나뉘지 않은 한 덩어리의 커다란 힘처럼 보였지요. 제가 제 뜻을 제대로 표현했는지 모르겠군요. 그러나 사물들을 마주할 때마다 하느님의 능력은 맡은 바 역할에 따라 갈라졌어요. 그리고 각각 맡은 역할은 알아서 따로 하게 되었어요. 하느님은 모든 걸 잘 기억해두려고 노력했죠. 그러다 보니 헷갈리기도 한 거죠(이건 별도로 말씀드리는 건데요, 이런 이야기는 부인한테만 하는 거니까, 아이들한테는 하지 말아주셨으면 합니다)."

"그럼요, 당연하죠!"

그녀는 귀담아 듣고 있다가 그러마하고 다짐했다.

"만약에 천사가 날아가면서 '모든 것을 다 아시는 분'이라고 노래했다면 모든 일이 잘되었을 텐데요."

"그러면 이 이야기도 필요 없었을까요?"

"그럼요."

나는 자신 있게 말했다. 그러고 나는 막 작별인사를 하려했다.

"그런데 말씀하신 이야기는 정말 확실한 거예요?"

"그럼요, 확실합니다."

나는 자신에 찬 목소리로 대답해주었다.

"오늘은 애들한테 해줄 이야깃거리가 생겼네요."

"저도 한 번 가서 그 이야기를 듣고 싶군요. 안녕히 가세요."

"안녕히 가세요."

그녀가 대답했다. 그러더니 다시 한 번 돌아다보았다.

"그런데 왜 하필 그 천사는…"

"부인." 그녀의 말을 끊으며 내가 말했다. "지금 보니 댁의 귀여운 두 꼬마 아가씨가 그렇게 질문을 많이 하는 건 꼭 어린애라서 그런 것만 같지는 않군요."

"그게 아니라면?"

이웃집 여자는 호기심 어린 표정으로 물었다.

"글쎄요, 의사들 말로는 유전적인 요인이 있다던데…"

이웃집 여자는 손가락으로 위협하는 시늉을 했다. 그래도 우리는 좋은 친구 사이로 헤어졌다.

그 후 (시간이 꽤 흐른 뒤) 이웃집 여인과 다시 마주쳤는데, 그땐 그녀가 혼자가 아니라서 딸들에게 내 이야기를 해 주었는지, 반응은 어땠는지에 대해 물어볼 기회가 되지 않았다. 이런 나의 궁금증을 해결해 준 것은 그로부터 얼마 뒤 받은 한 통의 편지였다. 편지의 발신자에게 편지를 공개해도 좋다는 허락을 받지 못했기 때문에 편지의 끝말 정도를 소개하는 정도로 그치겠다. 물론 이 끝말만 가지고도 이 편지가 누구에게서 온 것인지는 금방 알 수 있다. 편지는 다음과 같은 말로 끝났다.

"저와 다섯 아이들 올림. 저도 그 자리에 있었으므로."

편지를 받자마자 나는 금방 다음과 같은 답장을 썼다.

"사랑하는 어린이 여러분. 사랑하는 하느님의 두 손에 대한 이야기가 여러분 마음에 꼭 들었을 거라고 생각해요. 나도 그 이야기를 좋아해요. 그래도 나는 여러분을 만나지는 못해요. 그렇다고 화내면 안 돼요. 여러분이 나를 좋아할지 어떨지도 모르잖아요. 나는 코도 잘생기지 못했고, 게다가 가끔 있는 일이지만 코끝에 붉은 뾰루지라도 있으면 여러분은 내내 그것만 쳐다보고 또 쳐다보느라 내가 아래쪽에서 들려주는 이야기에는 귀를 기울이지 않을 테니까요. 꿈에서도 이 뾰루지 꿈을 꾸게 될지 모르잖아요. 이런 게 나는 참 안 좋아요. 그래서 다른 방법을 알려줄게요. 여러분과 나한테는 (어머니를 빼고도) 우리가 함께 아는 아주 많은 친구들과 지인들이 있어요. 이들은 물론 어린아이들은 아니지요. 이 사람들이 누군지는 여러분은 금방 알거예요. 내가 이 사람들한테 가끔씩 이야기를 들려줄게요. 그러면 이 사람들로부터 내가 지은 것보다 훨씬 더 멋지게 전해들을 수 있을 거예요. 우리가 아는 친구나 친지들 중에는 아주 위대한 시인도 있으니까요. 어떤 이야기를 들려줄지는 여러분에게 아직 말해주지 않을 거예요. 그러나 여러분의 마음에 사랑하는 하느님만큼 더 절실한 것은 없을 테니까 기회가 될 때마다 하느님에 대해 내가 아는 이야기들을 곁들일게요. 이야기 중에 옳지 않은 부분이 있으면 내게 예쁜 편지를 한 통 보내거나, 어머니에게 말씀드려주세요. 내가 이곳저곳에서 실수를 할 수도 있으니까요. 내가 이 아름다운 이야기들을 들은 지가 한참 되었고, 게다가 그 뒤로 내가 별로 아름답지 못한 것들을 봐야 해서 그럴 수도 있어요. 인생에서는 늘 그런 일이 있어요. 그래도 인생이란 참으로 아름다운 거랍니다. 내 이야기에서는 바로 이런 것도 많이 다룰 거예요. 자, 그럼 이만 쓸게요.

늘 여러분과 함께 하는 친구가."

둘

낯선 남자

웬 낯선 남자가 내게 편지를 써 보냈다. 모세 이야기도 아니고, 위대한 예언가나 그렇고 그런 예언가 이야기도 아니다. 러시아의 황제나 아니면 그의 조상인 공포의 황제 차르이반 이야기도 아니다. 시장(市長)님 이야기도 아니고, 이웃인 구두수선공 이야기도 아니고, 이웃도시 이야기도 아니고 먼 도시들에 대한 이야기도 아니다. 내가 아침마다 산책을 나갔다가 길을 잃어 헤매곤 하는, 노루들이 뛰어노는 숲 이야기도 그의 편지에는 나오지 않는다. 그렇다고 자기 엄마 이야기를 하는 것도 아니고 오래 전에 결혼한 여동생들 이야기를 하는 것도 아니다. 어쩌면 그의 엄마는 세상을 떴는지도 모른다. 그렇지 않고서야 어찌 네 쪽이 넘는 편지에 한 번도 등장하지 않는단 말인가! 그는 내게 정말로 크고도 큰 신뢰를 갖고 있었다. 그는 나를 형제로 생각하며 자신의 고민을 털어놓는다.

저녁에 그 낯선 남자가 나를 찾아온다. 나는 램프에 불을 켜지 않은 상태로 있다가, 그가 외투 벗는 것을 도와주고 나서 나와 차를 한 잔 하자고 권한다. 마침 매일 내가 차를 마시는 시점이기 때문이다. 이렇게 친밀한 방문의 경우엔 서로 허물이 없어야 한다. 식탁에 앉을 때 보니 손님이 왠지 불안해 보인다. 얼굴엔 수심이 가득하고 두 손은 떨고 있다. "참, 그렇군요." 내가 말한다. "여기 당신한테 쓴 편지가 있네요." 그러면서 나는 차를 따른다. "설탕을 넣을까요, 아니면 레몬이나? 러시아에 있을 때 차에 레몬을 넣어서 마시는 법을 배웠거든요. 한 번 해보실래요?" 그런 다음 램프에 불을 붙여 한쪽 구석에 놓아둔다. 좀 높은 곳에다 세워두니 황혼 빛이 방에 남아 있는 것 같다. 아까 본 저녁 황혼보다 더 따스하다. 붉은 빛이. 그러자 손님의 얼굴도 따라서 더 안정되고 따스해 보인다. 사뭇 친근하게 여겨진다.

나는 다시 한 번 반기는 뜻에서 이렇게 말한다. "정말이지, 당신을 오래 기다렸어요." 손님이 어리둥절해 할까봐 나는 얼른 이렇게 말한다. "제가 이야기를 하나 알고 있는데, 이 이야기를 꼭 당신께만 해드리고 싶거든요. 왜냐고 묻지 마시고, 그저 제 물음에 먼저 답해주세요. 자리가 편한지, 차는 달콤한지 그리고 제 이야기를 듣고 싶은지 말씀해주세요"

손님은 어쩔 수 없이 미소를 지어 보였다. 그러더니 그냥 간단하게

"예."

하고 대답했다.

"세 가지 질문에 대해 다 '예'인가요?"

"세 가지 모두요."

우리는 동시에 의자 등받이에 깊이 등을 기댔다. 그 바람에 우리 얼굴엔 그늘이 졌다. 나는 찻잔을 내려놓고 차가 황금빛으로 반짝이는 것을 보며 기분이 흐뭇했다. 그러다가 점차 다시 흐뭇한 기분을 잊어가다 불쑥 이렇게 물었다.

"혹시 아직도 하느님을 기억하시나요?"

낯선 남자는 곰곰이 생각에 잠겼다. 그의 두 눈은 어둠 속을 응시했다. 동공에 비친 작은 불빛 때문에 그의 두 눈은 여름과 태양이 반짝이며 넓게 드리워져 있는 공원에 있는 두 개의 긴 아케이드처럼 보였다. 이 두 개의 아케이드는 둥근 어스름으로 시작하여 갈수록 점점 더 좁아지는 어둠 속으로 들어가다가 끝에 가서는 저 멀리 은은히 반짝이는 하나의 점, 반대편에 자리한, 더 환한 낮으로 통하는 출구로 수렴된다. 그런 생각을 하고 있는데 그 남자는 목소리를 쓰

기 싫은 사람이 억지로 말하듯 더듬거리며 말했다.

"그래요, 하느님을 아직 기억하고 있어요"

"잘 됐군요." 나는 감사의 말을 했다. "왜냐하면 제 이야기는 바로 하느님에 대한 것이거든요. 그 전에 먼저 말해주실래요, 혹시 가끔 아이들하고도 이야기를 나누시나요?"

"가끔 그러긴 합니다. 지나치면서, 적어도"

"혹시 하느님이 하느님의 두 손이 망측하게도 말을 듣지 않는 바람에 완성된 인간의 모습을 못 보게 되었다는 얘기를 들으신 적이 있나요?"

"어디서 한 번 들은 적은 있는데, 누구한테 들었는지는 생각이 안 나네요"

손님이 대꾸했다. 그때 나는 불확실한 기억들이 그의 이마 위를 내달리는 모습을 보았다.

"아무튼 상관없어요." 나는 그의 생각을 가로막았다. "계속해서 제 말을 들어보세요.

오랫동안 하느님은 이 궁금한 것을 그냥 참았어요. 하느님의 인내심은 하느님의 힘만큼이나 위대하거든요. 언젠가 한 번은 두꺼운 구름이 하느님과 지상 사이를 여러 날 동안 가로막아 하느님은 세상과 인간과 시간 같은 모든 것을 꿈으로나 아는 건 아닌지 알 수가 없었어요. 그래서 하느님은 오른손을 불렀죠. 오른손은 오래 전에 하느님의 면전에서 쫓겨나 숨어서 자질구레한 허드렛일만 하고 있었죠. 오른손은 냉큼 달려갔죠. 하느님이 드디어 자기를 용서해주시는 걸로 생각했던 거죠. 사실 막상 하느님도 아름답고 팔팔한 모습의 오른손을 보자 용서해주고 싶은 마음이 안 든 건 아니죠. 그러나 하느님은 바로 마음을 가다듬으시고 오른손을 쳐다보지도 않은 채 명령을 내렸습니다.

'어서 지상으로 내려가라. 가서 네 눈에 보이는 인간들의 모습을 하고서 산꼭대기에 벌거벗은 모습으로 서 있어라. 내 눈으로 자세히 볼 수 있게 말이다. 지상에 내려가거든 먼저 젊은 여인을 찾아가서 여인에게 아주 낮은 목소리로 이렇게 말해라. 〈나는 살고 싶어요.〉 그러면 처음엔 작은 어둠이 네 몸을 감쌀 거고, 다음엔 어린 시절이라는 큰 어둠이 너를 감쌀 거야. 이윽고 성인이 되거든 내가 명한 대로 산꼭대기로 올라가라. 이 모든 일은 단 한순간에 일어나는 거야. 잘 가라.'

오른손은 왼손과 작별인사를 하며 왼손에게 별의별 다정한 호칭을 다 늘어놓았어요. 심지어 오른손은 갑자기 왼손에게 꾸벅 인사를 하면서 '그대, 나의 성령이시여'라는 말까지도 했다고 합니다. 그러나 어느새 성 바울이 다가와 하느님의 오른손을 뚝 잘라냈죠, 그랬더니 어느 대천사가 그걸 받아서 자신의 큰 외투에 감추고서 지상으로 내려갔지요. 한편 하느님은 왼손으로 상처를 꾹 눌러서, 혹시라도 하느님의 피가 별들 위로 쏟아져 내렸다가 거기서 다시 슬픈 핏방울이 되어 지상으로 떨어지지 않도록 했어요. 잠깐 뒤, 지상에서 벌어지는 일들을 예의 주시하고 있던 하느님은 쇠로 된 옷을 입은 남자들이 다른 모든 산들은 그냥 두고서 어느 한 산 주위로 모여드는 것을 보았습니다. 그래서 하느님은 하느님의 오른손이 그 산꼭대기로 올라올 걸로 생각했어요. 그러나 얼핏 보기에 붉은 외투를 입은 채 뭔가 덜렁대는 거무스레한 것을 어깨에 메고서 올라가는 웬 사람만 보였지요. 바로 그 순간 하느님의 상처를 막고 있던 왼손은 난리를 치기 시작했어요. 느닷없이 왼손은 하느님이 말릴 새도 없이 하느님의 상처를 막고 있던 제자리를 떠나 별들 사이에서 날뛰며 울부짖었어요. '오, 가엾은 오른손, 널 도울 수가 없어.' 그러면서 왼손은 자기가 매달려 있는 하느님의 왼팔을 마구 잡아당겼어요. 그러면서 거기서 떨어져 나오려고 했지요. 지구는 하느님의 피로 온통 붉게 물들었어요. 때문에 지상에서 무슨 일이 일어나고 있는지 알 수가 없었어요. 그때 하느님은 하마터면 죽을 뻔했지요. 마지막 안간힘을 다해서 하느님은 오른손을 다시 불러 올렸어요. 오른손은 창백한 모습으로 벌벌 떨며 와서 제자리에 마치 병든 짐승처럼 누왔어요. 그러나 왼손은 오른손이 아까 지상에서 붉은 외투를 입고 산을 올라가던 광경을 보았으므로 그 뒤로 산에서 무슨 일이 더 있었는지 물어볼 수가 없었어요. 뭔가 아주 끔찍한 일이 있었던 게 분명합니다. 왜냐하면 하느님의 오른손은 아래서 겪은 일로부터 아직 회복을 못하고 있었거든요. 게다가 아직도 두 손을 용서하지 않은 하느님의 오랜 분노보다 그 아래서 겪었던 일에 대한 기억이 오히려 더 견디기 힘든 모양 같았거든요."

나는 말을 멈추고 목을 좀 쉬었다. 낯선 남자는 두 손으로 얼굴을 감싼 채로 있었다. 오래토록 그 자세로 있었다. 이윽고 낯선 남자는 내가 오래 전부터 알고 있던 목소리로 말했다.

"그런데 왜 제게 이런 이야기를 들려준 거죠?"

"당신 아니면 누가 이런 이야기를 이해하겠습니까? 당신은 어떤 지위나 관직, 어떤 세속적 명예, 아니 심지어 이름 같은 것도 없이 저를 찾아오셨습니다. 당신이 들어올 때 어두웠지요. 그래도 나만은 당신의 얼굴 생김새를 보고 하느님의 오른손과 비슷한 점을 알아챌 수 있었어요."

낯선 남자는 묻는 투로 올려다보았다.

"그래요." 나는 말없는 그의 눈길에 답을 해주었다. "저는 자주 이런 생각을 해요. 어쩌면 하느님의 손이 다시 이 세상에 돌아다니고 있는 게 아닐까…"

아이들도 이 이야기를 들었다. 누군가 아이들이 아주 잘 알아듣게 이야기해주었던 모양이다. 왜냐하면 아이들은 이 이야기를 아주 좋아했기 때문이다.

셋

하느님은 왜 가난한 사람들이 존재하기를 원하는가

앞서 말한 이야기가 이곳저곳 두루 번지자 교장 선생님은 심기가 불편한 얼굴로 골목을 서성거렸다. 왜 그런지 이해가 간다. 교장 선생님 입장에서는 자기가 들려주지 않은 이야기를 갑자기 아이들이 알고 있으면 기분이 유쾌할 리가 없다. 무릇 학교 선생님이란 판자 울타리의 유일한 구멍이어서 그 구멍을 통해서만 아이들은 과수원을 들여다보아야 하는 법이기 때문이다. 다른 구멍들이 더 있으면, 아이들은 매일 다른 구멍 앞으로 모여들어 금세 들여다보는 것 자체에 싫증을 느끼기 마련이다. 사실 이런 비유는 하지 말아야 했다. 그래도 여기서 내가 말하고 있는 교장 선생님은 내 이웃이기도 하지만 이러한 비유를 내게서 처음 듣고 아주 적확한 비유라고 말했다. 사람에 따라서 생각이 다르긴 하겠지만 내가 보기에 내 이웃이신 교장 선생님의 권위는 대단하다.

교장 선생님은 내 앞에 서서 흘러내리는 안경을 줄곧 치켜 올리며 말했다.

"누가 애들한테 그런 이야기를 들려줬는지 모르지만, 아이들의 상상력을 그런 말도 안 되는 생각으로 부담지우거나 긴장시키는 건 아무튼 안 좋아요. 꼭 무슨 동화 같은데."

"저도 우연히 그 이야기를 들은 적이 있습니다."

내가 말을 끊었다. (이건 거짓말이 아니다. 왜냐하면 그날 저녁 이후로 이웃에 사는 여자한테서 그 이야기를 전해 들었기 때문이다.)

"아, 그래요." 교장 선생님이 말했다. 교장 선생님은 말하기가 수월해졌다고 생각하는 것 같았다. "그렇다면 그걸 어떻게 생각하세요?"

나는 잠시 머뭇거렸다. 그러자 교장 선생님은 재빨리 말을 이었다.

"우선, 종교적인 소재, 그것도 성경의 소재를 아무렇게나 제멋대로 끌어다 쓰면 안 됩니다. 교리문답에 이미 다 잘 설명이 되어 있는데, 거기에서보다 설명을 더 잘할 수는 없어요…"

나는 무슨 말을 하려다가 마지막 순간에 교장 선생님이 '우선'이라는 말을 쓴 것을 기억해냈다. 그러니 내가 끼어들기 전에 이제 문법에 따라 건강한 문장을 만들기 위해 '그 다음엔'이라는 말이, 아니 심지어 '그리고 끝으로'라는 말까지 나오는 게 당연했다. 과연 실제로도 그렇게 되었다. 전문가들도 보면 아주 좋아할 이런 흠잡을 데 없는 구조를 갖춘 문장을 교장 선생님은 내게 한 것처럼 다른 사람들에게도 잊히지 않을 만큼 이미 여러 번 말했을 것이므로 나는 멋진 삽입구, 즉 마치 서곡의 피날레처럼 나온 '그리고 끝으로'라는 말 뒤에 이어진 이야기만 여기에 간단히 옮겨 적겠다.

"그리고 끝으로…(지나치게 환상적인 측면은 눈감아주더라도) 내가 보기에 소재를 제대로 다루지 못한 것 같아요. 모든 면을 다 고려하지 못했다는 말입니다. 만일 내게 그런 이야기를 쓸 시간이 있다면…"

"그렇다면 선생님이 보시기에 앞서 언급한 이야기에 아쉬운 점이 있다면 그게 뭔가요?"

나는 그의 말을 끊지 않을 수 없었다.

"그래요, 아쉬운 점이 많습니다. 문학비평의 관점에서 보아도 그렇고요. 선생의 동료로서 말씀드린다면…"

동료라니, 그게 무슨 말인지 이해가 안 가서 나는 겸손하게 말했다.

"선생님은 너무 친절하십니다. 저는 선생 노릇을 한 적이 한 번도 없습니다만…"

그러다가 문득 뭔가 떠오른 게 있어서 나는 하던 말을 중단했다. 그러자 교장 선생님은 말을 계속 이었다.

"한 가지만 말씀드리자면, 하느님께서 말입니다. (그 이야기의 뜻을 한 번 상세히 논의해보자면) 하느님께서 다시는 인간의 모습이 어떤지 보려고 시도를 하시지 않았다는 말에는 어폐가 있다 이 말입니다. 그러니까 제가 드리고 싶은 말은…"

그때 나는 교장 선생님을 이번에도 일단 좀 달래야 하겠다고 생각했다. 나는 약간 허리를 굽혀 인사를 하고 말을 시작했다.

"모두가 다 아는 사실이지만, 선생님은 사회 문제 쪽으로 세밀한 관심을 (그리고 이렇게 말씀드려도 된다면, 사람들로부터 호응도 있었고요) 보여주셨습니다." 교장 선생님은 미소를 지었다. "제가 보기에는 다음에 말씀드리고자 하는 내용이 선생님의 관심사와 그리 멀지 않다고 생각합니다. 특히 선생님께서 마지막에 하신 그 예리한 말씀과도 관련이 있으니까요."

교장 선생님은 놀란 표정으로 나를 쳐다보았다. "설마 하느님께서…"

"사실은 말이죠." 나는 확실한 어조로 말했다. "하느님께서는 막 새로운 시도를 하시려는 참이죠."

"그게 정말이오?" 교장 선생님은 내게 호통 치듯 말했다. "권위 있는 잡지에 발표된 견해인가요?"

"그에 대해서는 자세한 말씀은 못 드리겠습니다." 유감의 투로 내가 말했다. "그쪽 사람들하고는 선이 안 닿아서요. 그래도 제가 들려드리는 짧은 이야기를 한 번 들어보시겠습니까?"

"들려주시면 영광이고요."

교장 선생님은 안경을 벗어서 안경알을 꼼꼼히 닦았다. 그러는 동안 그의 맨 눈은 부끄러워했다.

나는 말을 시작했다.

"한 번은 하느님이 어느 거대한 도시를 내려다보았습니다. 어쩌나 뒤죽박죽이던지(여기엔 전선줄이 적잖이 기여했는데) 눈이 피곤해서 하느님은 눈길을 어느 큰 셋집 건물 쪽에 집중하기로 했지요. 그게 훨씬 덜 힘드니까요. 그때 문득 살아 있는 인간의 모습을 보겠다던 옛날의 소망이 기억났습니다. 이 목표를 이루기 위해 하느님은 건물 각층의 유리창을 훑어 올라갔습니다. 첫 번째 층에 사는 사람들은 (한 부유한 상인과 그의 가족들이었는데) 거의 옷뿐이라고밖에 할 수 없었습니다. 그들의 몸뚱이는 여기저기 할 것 없이 온통 값비싼 옷감으로 뒤덮여 있었고, 이 옷들의 겉모양새로 봐서 아무리 봐도 그 안에 몸뚱이가 들어 있을 것 같지 않은 그런 모양새였습니다. 두 번째 층에 사는 사람들도 별 다를 것이 없었습니다. 세 번째 층에 사는 사람들은 옷가지를 덜 입고 있긴 했지만 너무나 지저분해서 하느님의 눈엔 잿빛 주름밖에 보이지 않았습니다. 그래서 하느님은 은총을 베풀어 이들에게 자손을 많이 가지라고 명령을 내리고 싶었습니다. 마침내 지붕 아래, 기울어진 다락방에서 하느님은 남루한 옷을 입은 한 남자를 발견했습니다. 이 사람은 진흙을 반죽하여 이기느라 여념이 없었습니다.

'어허, 그건 어디서 났느뇨?'

하느님이 그를 향해 소리쳤지요. 그 남자는 입에 물고 던 파이프도 뽑지 않고서 으르렁대며 말했습니다.

'그거야 악마나 알지. 난 원래 구두장이가 되는 게 꿈이었소. 여기 이렇게 앉아 고생만 하고 있으니…'

하느님이 아무리 뭘 물어도 그 남자는 화가 나서 더는 아무 대답도 하지 않았지요. 그러던 어느 날 그 남자는 그 도시의 시장에게서 장문의 편지를 받았습니다. 그제야 그 남자는 하느님께 그간의 사정을 다 털어놓았습니다. 남자는 그간 한 건의 주문도 받지 못했던 거죠. 이번엔 느닷없이 시립공원에 세울 조상(彫像)을 하나 만들어달라는 거였어요. 조상의 이름은 '진리'라고 했습니다. 그 예술가는 외딴 아틀리에에서 밤낮없이 일했습니다. 그 장면을 보자 하느님은 옛날에 있었던 여러 가지 기억이 떠올랐습니다. 만일 하느님이 당신의 두 손에게 여전히 화가 나 있지 않았다면 아마 하느님도 무슨 일인가 다시 시작했겠지요. 드디어 진리라는 이름의 조상을 아틀리에에서 공원의 자리로—하느님도 완성된 그 모습을 볼 수 있게—옮기는 날이 되었지요. 그런데 그때 큰 소동이 일었습니다. 시참사회 의원들과 교사협의회 그리고 시의 유력인사들로 구성된 위원회에서 조상을 대중에게 공개하기에 앞서 부분적으로라도 옷을 입혀야 한다고 요구해왔기 때문입니다. 하느님은 그 예술가가 왜 그리 발악을 해대며 욕설을 퍼붓는 건지 알 수가 없었죠. 시참사회와 교사협의회를 비롯한 여러 사람들이 이 예술가를 욕되게 한 거죠. 그래서 하느님은 이들에게… 그런데, 기침이 아주 심하시군요!"

"이제 괜찮아요."
교장 선생님은 아주 맑은 목소리로 대답했다.
"이제 이야기할 게 얼마 남지 않았습니다. 하느님은 셋집 건물과 시립공원을 놓아두고서, 낚싯대를 물에서 홱 잡아채

듯이 눈길을 홱 낚아챘습니다. 그러고선 뭐가 물렸나 보았죠. 그랬더니 정말 뭔가 걸려 있었습니다. 아주 조그만 오막살이였는데, 안을 들여다보니 식솔들이 줄줄이 딸려 있었죠. 이들은 몸에 걸친 것도 거의 없었습니다. 가난했으니까요. '바로 저거다.' 하느님은 생각했습니다. '인간들은 가난해야 해. 저 집에 사는 사람들은 정말 가난하구나. 아예 속옷 한 벌마저도 입지 못할 만큼 가난하게 만들어줘야지.' 하느님은 그렇게 하기로 작정했습니다."

여기서 나는 말을 그치고 내 이야기가 다 끝났음을 암시했습니다. 교장 선생님은 불만스러워했습니다. 그는 이 이야기가 앞에서 했던 이야기와 마찬가지로 완전히 끝난 것도 아니고 완전히 마무리된 것도 아니라고 생각했습니다.

"맞아요." 나는 미안함을 표시했다. "시인이 와서 이 이야기의 환상적인 결말을 꾸며내야 할 겁니다. 사실 이 이야기에는 특별한 결말이 없거든요."

"그건 왜죠?"

교장 선생님은 그렇게 말하면서 나를 기대에 찬 표정으로 쳐다보았다.

"아이 참, 교장 선생님." 나는 그에게 상기시켜주었다. "건망증이 심하시네요! 교장 선생님이 이곳 빈민구제협회의 회장님이시잖아요…"

"그래요, 십 년 전부터 그 일을 맡아서 하고 있어요. 그런데 그게 무슨 상관이죠?"

"바로 그거라니까요. 교장 선생님과 협회가 나서서 벌써 오래 전부터 하느님 스스로가 원하는 것을 하지 못하도록 막아 오셨잖아요. 교장 선생님과 협회가 사람들에게 옷을 입혀주니까요…"

"그런 말씀 마세요."

교장 선생님이 겸손한 어조로 말했다.

"그건 그냥 이웃사랑일 뿐입니다. 하느님을 가장 기쁘게 해드리는 거죠."

"아, 네, 그 점에 대해서는 권위 있는 분들도 인정하시나요?" 나는 악감정 없이 물어보았다.

"물론입니다. 저는 빈민구제협회 회장단의 일원으로서 여태껏 저의 역량에 대해 많은 찬사의 말을 들어왔습니다. 당신한테만 슬쩍 말씀드리자면, 다음 번 승진 때는 제가 펼친 이 방면의 업적이… 무슨 말씀인지 아시겠죠?"

교장 선생님은 쑥스러워 얼굴이 붉어졌다.

"부디 행운이 있으시기를 빌겠습니다."

내가 대꾸했다. 우리는 서로 악수했고, 교장 선생님은 자랑스럽고 당당한 걸음걸이로 그곳을 떠났다. 걸음걸이로 보아, 교장 선생님은 학교에 지각을 하고도 남았을 것 같다.

　나중에 들은 말에 의하면, 이 이야기의 일부가 (아이들에게 적합한 정도에서) 아이들에게도 알려졌다. 교장 선생님은 이 이야기의 결말을 마무리 지어 넣었을까?

넷

배신은 어떻게 러시아에 찾아왔나

이웃에 나는 또 하나의 친구가 있다. 몸이 불편한 금발의 남자인데, 이 친구는 겨울이나 여름이나 사시사철, 의자를 창가에 바짝 붙여 두고 앉아 있다. 나이가 아주 안 들어 보일 때도 있는데, 특히 남의 말에 열심히 귀를 기울일 때면 소년 같은 구석도 보인다. 하지만 나이가 많이 들어 보일 때도 있다. 이럴 땐 몇 분이 몇 년처럼 지나가고, 그는 갑자기 백발이 되어 있다. 그리고 맥 빠진 두 눈은 이미 생을 놓아 버린 듯 보인다. 우리는 서로 안 지 꽤 오래 되었다. 처음엔 그냥 서로 얼굴만 쳐다보다가, 나중에 가서는 만나면 빙그레 웃어보였고, 한 일 년 정도는 만나면 인사말 정도를 던졌고, 그러다 언제부터인지 모르지만 이것저것 가리지 않고 생각나는 대로 이야기를 나누었다.

"좋은 아침이군요." 지나가는데 그가 소리쳤다. 그의 창문은 풍요롭고 고요한 가을을 향해 활짝 열려 있었다. "만난 지 꽤 오래됐군요."

"좋은 아침이오, 에발트." 나는 늘 그러듯이 지나가면서 그가 있는 창 쪽으로 다가갔다. "여행 좀 다녀왔어요."

"어디로요?"

그는 조바심이 어린 눈빛으로 물었다.

"러시아요."

"아니, 그렇게 먼 데까지요?" 그는 등을 의자 등받이에 기대더니 말했다. "러시아는 어떤 나라인가요? 아주 큰 나라죠, 예?"

"그래요." 내가 말했다. "크기도 크고, 그밖에 또"

"내 질문이 바보 같았나요?"

에발트는 빙그레 웃으며 얼굴이 빨개졌다.

"그렇지 않아요, 에발트. 그 반대예요. 어떤 나라냐고 물으니까 몇 가지 것들이 뚜렷해지는군요. 이를테면 러시아는 어디와 접경을 이루는가, 뭐 이런 거 말입니다."

"동쪽으로인가요?"

내 친구가 캐물었다.

나는 잠시 생각한 뒤 말했다.

"아니오."

"북쪽으로인가요?"

몸이 불편한 친구가 다시 캐물었다.

"그러니까 말이죠." 문득 내게 생각이 떠올랐다. "지도 때문에 사람들이 망가졌어요. 지도로 보면 모든 게 다 평평할 뿐이죠. 네 방위만 그려놓으면 그걸로 끝이라고 생각하죠. 그러나 한 나라는 지도가 아닙니다. 나라에는 산도 있고 계곡도 있어요. 무슨 얘기냐 하면 위쪽이나 아래쪽도 뭔가와 접경을 이룬다는 거죠."

"흠." 내 친구는 곰곰이 생각했다. "당신 말이 맞아요. 그렇다면 러시아는 이 두 방향 중 어디와 경계를 이루는 것 같소?"

몸이 안 좋은 그 친구가 문득 소년처럼 여겨졌다.

"당신은 알 텐데요."

내가 큰소리로 말했다.

"혹시 하느님?"

"맞아요." 내가 확인해주었다. "바로 하느님이요."

"그렇군요." 내 친구는 알겠다는 듯 고개를 주억거렸다. 그러다 이윽고 약간의 의혹이 생겼다. "그런데 하느님이 나라인가요?"

"그렇진 않죠." 내가 대답했다. "하지만 원시 언어에서는 많은 것들이 동일한 명칭을 갖는 경우가 있어요. 왕국이 하느님이라고 불리기도 하고, 왕국을 다스리는 사람 역시 하느님이라고 불리죠. 소박한 백성들은 그들의 나라와 그들의 황제를 잘 구별하지 못하는 경우가 많아요. 둘 다 위대하고 자비롭고, 두렵고 위대하니까요."

"무슨 말인지 알겠군요." 창가의 남자가 느릿느릿 말했다. "러시아에서 이런 인접성이 느껴지나요?"

"그건 수시로 늘 느끼죠. 하느님의 영향력이 대단하거든요. 유럽에서 아무리 많은 물건들을 가져온다 해도, 유럽에서 가져온 것들은 국경을 넘는 순간 돌이 되고 맙니다. 가끔 보석도 있기는 하지만, 그것들은 다 부자, 이른바 '교육받은 사람들'을 위한 것이죠. 반면에 저쪽 다른 왕국에서는 백성이 먹고 사는 빵이옵니다."

"그렇다면 그 빵은 백성이 먹고 남을 만큼 넉넉하겠죠?"
나는 망설였다.

"아뇨, 사실은 그렇지가 못해요. 하느님의 왕국에서 수입해오는 일이 여러 사정으로 난관에 처해 있어요."

나는 이 친구가 이 생각에 집착하지 못하도록 대화를 돌리려 했다.

"그래도 많은 관습들을 이 광활한 이웃나라에서 가져왔어요. 이를테면 의식과 관련된 것들이 다 그래요. 황제에게 말할 때도 꼭 하느님한테 말할 때처럼 하죠."

"그렇다면 황제 폐하, 이런 말은 안 쓰나요?"

"네, 안 씁니다. 둘 다 아버지라고 부르죠."

"그러면 이 두 분 앞에서 무릎을 꿇나요?"

"이 두 분 앞에서 털썩 엎드려 이마를 땅에 대고 울면서 이렇게 말하죠. '저는 죄인입니다, 용서해주소서, 아버지.' 독일 사람들 같으면 그런 모습을 보고 저건 하등의 가치도 없는 노예 짓에 불과하다고 말하겠지요. 나는 그에 대해 생각이 다릅니다. 무릎을 꿇는다는 게 뭔가요? 이렇게 설명할 수 있겠죠. '당신을 존경합니다'라고. 이번에도 독일 사람들 같으면 그야 모자 정도만 벗으면 될 거 아니야, 이렇게 생각하겠죠. 물론 맞는 말입니다. 모자를 벗는 것이나 허리를 굽히는 일이나 어떻게 보면 모두가 땅에 엎드려도 될 만큼의 공간이 되지 않는 나라에서 하는 약식 인사 방식이죠. 그러나 약식으로 하다 보면 금방 기계적이 되어 원래의 뜻을 알지 못하게 됩니다. 그러므로 공간과 시간이 넉넉한 곳에서는 몸짓을 줄이지 말고 끝까지 다 해주는 게 좋겠죠. '존경'이라는 아름답고 중요한 말을 줄임 없이 다 쓰는 거죠."

"그래요, 나도 할 수만 있다면 무릎을 꿇어보고 싶네요."

몸이 불편한 그 친구는 꿈꾸듯 말했다.

"그러나 러시아에는." 나는 잠시 말을 멈추었다 다시 이었다. "하느님으로부터 많은 것이 왔어요. 새로운 것은 어느 것이나 다 하느님에게서 온 것 같은 느낌이죠. 옷가지나, 음식이나, 미덕이나, 아니 심지어 죄악마저도 세상에 통용되기 전에 하느님의 허락을 받아야 하죠." 몸이 불편한 그 친구는 깜짝 놀란 눈빛으로 나를 쳐다보았다. "내 이야기는 다 동화일 뿐이에요." 나는 얼른 그를 안심시키려 했다. "이른바 빌리나라고 하는 건데, 우리말로는 과거에 있었던 이야기라는 뜻이죠. 그러면 간단히 이야기할게요. 제목은 '배신은 어떻게 러시아에 찾아왔나'입니다."

나는 창문에 어깨를 기댔고, 몸이 불편한 친구는 이야기가 시작되면 늘 그렇게 하듯 살며시 눈을 감았다.

"공포의 황제 이반은 이웃영주들에게 공물을 물리면서 하얀 도시 모스크바로 황금을 보내지 않으면 큰 전쟁을 일으키겠노라고 협박을 했죠. 영주들은 고민에 고민을 거듭한 끝에 이구동성으로 말했어요. '먼저 세 가지 수수께끼를 내겠소. 우리가 지정한 날에 동방으로 와서 우리가 모여 있을 흰 바위를 찾으시오. 그곳에 와서 세 가지 답을 대시오. 만약 답을 맞히면 당신 요구대로 열두 통의 황금을 건네주겠소.' 일단 황제 이반은 생각에 잠겼어요. 그러나 하얀 도시 모스크바의 수많은 종소리가 생각을 못하게 방해했어요. 그래서 그는 학자와 고문들을 불러놓고, 수수께끼의 답을 맞히지 못하는 자는 누구나 할 것 없이 한창 건축 중인 바실리 성당의 넓은 붉은 광장으로 끌어내 당장 목을 치게 했습니다. 그런 일로 신경을 쓰다 보니 시간이 쏜살같이 지나가 황제는 어느 듯 동방으로 떠나게 되었지요. 영주들이 기다리는 하얀 바위를 향해 말이죠. 세 가지 질문에 대해 답할 거리는 하나도 마련하지 못했지요. 그래도 말을 타고 한참을 가야 하니 혹시 중간에 현자를 만날 가능성도 있었지요. 왜냐하면 당시에는 도망 중인 현자들이 많았거든요. 왕들은 누구나 만약 현자가 제대로 된 현자처럼 보이지 않을 땐 가차 없이 목을 치도록 했으니까요. 그러나 황제는 그런 현자를 만나지는 못했습니다. 그러던 어느 날 아침, 황제는 교회를 짓고 있는 턱수염이 덥수룩한 한 늙은 농부를 만났지요. 농부는 지붕의 뼈대를 완성시켜 놓고 이제 막 서까래를 얹고 있었죠. 참으로 희한하게도 늙은 농부는 교회 지붕에서 내려와 바닥에 잔뜩 쌓여 있는 서까래 중에서 달랑 하나를 들고 올라가기를 반복하는 것이었죠. 자기가 입고 있는 긴 카프탄 옷으로 싸서 한꺼번에 많이 옮길 수도 있을 텐데 말이죠. 농부는 수도 없이 오르락내리락 해야 했고 어느 천년에 그 많은 서까래를 제자리에 다 옮겨놓을지 답답하기만 했습니다. 그걸 보고 있던 황제는 조바심이 났습니다. '야,

이 멍청아.' 그는 냅다 소리를 질렀지요. (보통 러시아에서는 농부들을 대개 그렇게 부른답니다.) '서까래를 한몫에 잔뜩 짊어지고서 지붕으로 기어 올라가라고, 그게 훨씬 간단하잖아.'

그때 막 땅으로 내려온 농부는 발걸음을 멈추고 손으로 눈을 가리고 대답했죠. '그 일은 그냥 소인한테 맡겨주십시오, 이반 바실리에비치 황제님. 자기 재주는 자기가 제일 잘 아는 법입니다. 아무튼, 마침 이곳을 말을 타고 지나시게 되었으니, 세 가지 수수께끼의 답을 알려드릴게요. 여기서 멀지 않은 곳에 있는 동방의 흰 바위에 가서 말을 해야 할 테니까요.' 황제는 너무나 놀라서 고맙다는 말조차 하지 못했죠. '대가로 뭘 줄까?' 마침내 황제가 물었어요. '아무것도 바라는 건 없습니다.' 농부는 그렇게 대답하고는 서까래 하나를 집어 들고 다시 사다리를 올라가려 했지요. '잠깐.' 황제가 명령했어요. '그렇게 지나갈 순 없다. 어서 뭐든 소원을 말해봐라.' '정 그러시다면, 아버지시여, 그렇게 명령을 내리시니, 동방의 영주들한테서 열두 통의 황금을 받거든, 그 중 한 통을 제게 주십시오.' '그래, 좋다.' 황제는 고개를 끄덕였습니다. '그대에게 황금 한 통을 주마.' 그런 다음 황제는 수수께끼의 답을 행여 까먹을까봐 서둘러 말을 타고 그곳을 떠났습니다.

그 뒤, 열두 통의 황금을 가지고 동방에서 모스크바로 돌아온 황제는 다섯 개의 문이 달린 크렘린 궁전 한가운데에 문을 잠그고 들어앉아, 가져온 황금 통을 하나 둘 홀의 반짝이는 바닥에다 풀기 시작했습니다. 정말로 황금의 산이 우뚝 솟아 타일 바닥에 검고 긴 그림자를 던졌지요. 황제는 농부와의 약속을 까맣게 잊고서 열두 번째 통마저 바닥에 쏟아 부었어요. 다시 주워 담으려 했지만 그렇게 찬란하게 쌓여 있는 황금 더미에서 그 많은 황금을 덜어내려 하니 아까운 생각이 들었습니다. 밤이 되자 황제는 뜰로 내려가 통에 고운 모래를 담기 시작했죠. 사분의 삼 정도 채운 뒤 다시 궁전으로 돌아와 모래 위에다 황금을 넣고 다음 날 아침 사신을 시켜 통을 가지고 드넓은 러시아 땅 중에서 늙은 농부가 교회를 짓고 있는 곳으로 가도록 했습니다.

농부는 사신이 오는 것을 보고는 아직 완성시키려면 한참은 남은 지붕에서 내려와 소리쳤습니다. '가까이 오지 마시오, 이보시오, 사분의 삼의 모래에다 나머지를 황금으로 살짝 얹은 그 통을 다시 가지고 돌아가시오. 난 그딴 거 필요 없소. 가서 당신 주인한테 전하시오. 여태껏 러시아엔 배신이라는 게 없었다고. 그리고 만약 당신 주인이 앞으로 이 세상 아무도 믿지 못하게 된다면 그건 다 당신 주인의 책임인 줄 알라고 말이오. 그가 직접 나서서 배신하는 법을 보여주었으니까. 백년 이백년 세월이 흐르면서 그의 전례는 전 러시아에 많은 모방자들을 남길 거요. 나는 그딴 황금 필요 없소, 황금 없이도 얼마든지 살 수 있거든. 나는 당신 주인한테 황금이 아니라 진실함과 정직함을 기대했던 거요. 그런데 그가 날 속인 거야. 가서 그렇게 전하시오, 당신의 주인한테. 악한 속마음을 황금의 옷으로 가리고서 하얀 도시 모스크바에 앉아 있는 공포의 황제 이반 바실리에비치한테 말이오.'

사신이 말을 타고 달리다가 잠시 후 뒤를 돌아다보니 농부와 그가 짓고 있던 교회는 사라지고 없었지요. 그리고 층층이 쌓여 있던 서까래들도 보이지 않았고, 그곳은 다만 텅 빈 허허벌판이었지요. 사신은 기겁을 하여 모스크바를 향해 헐레벌떡 말을 달려 황제 앞에 나아가 자기가 겪은 일을 횡설수설 설명했지요. 농부를 자처했던 사람이 바로 하느님 아니면 누구이겠느냐고 하면서 말입니다."

"사신 말이 맞았을까요?"

내 이야기가 끝나고 나서 잠시 뒤 나의 친구가 나직이 물었다.

"아마도요." 내가 대답했다. "아무튼 백성들은 미신을 잘 믿는 구석이 있거든요. 이제 가봐야겠네요, 에발트."

"유감이군요." 몸이 불편한 친구가 진실한 표정으로 말했다. "다음에 또 이야기 좀 들려줄래요?"

"물론이죠. 그런데 한 가지 조건이 있어요." 나는 다시 창문 쪽으로 다가갔다.

"조건이란 게 뭐죠?"

에발트는 놀란 표정으로 물었다.

"내가 들려준 이야기를 기회 있을 때마다 이웃의 어린아이들한테 다시 들려주세요."

나는 부탁했다.

"그런데 요샌 아이들이 나한테 잘 안 와요."

나는 그를 위로해주었다.

"아이들은 앞으로 분명히 올 겁니다. 요사이에 아이들한테 이야기를 들려줄 마음이 없었던 것 같군요. 아니면 얘깃 거리가 없었거나. 아니면 얘깃거리가 너무 많아서 그랬는지도 모르죠. 하지만 누가 진정한 이야기를 알고 있다고 칩시다. 그럴 경우 그 이야기가 비밀로 남아 있을 거라고 생각하세요? 아니죠. 이야기는 저절로 번져나갈 테니까요. 특히 아이들 사이에서는 더 그래요!"

"자, 그러면 이만!"

나는 그 말과 함께 그곳을 떠났다.

그리고 아이들은 그 이야기를 당장 그날 다 들었다.

다섯

늙은 티모페이는 어떻게 노래 부르며 죽어 갔는가

몸이 불편한 사람한테 이야기를 해준다는 것, 이 얼마나 기쁜 일인가! 건강한 사람들은 변덕이 죽 끓듯 한다. 그들은 사물들을 이 각도에서 보았다, 저 각도에서 보았다 한다. 이들 건강한 사람들과 한 시간 정도 함께 걷다 보면 애당초 이들이 오른쪽에서 걷고 있었는데, 갑자기 대답이 왼쪽에서 들려오기도 한다. 그렇게 하면 더 예의가 있어 보이고 교육을 더 잘 받은 것처럼 보인다는 바로 그 한 가지 이유 때문이다. 몸이 불편한 사람에게선 이런 걱정은 안 해도 된다. 움직일 수 없는 그의 처지가 그를 사물과 같은 존재로 만들어준다. 실제 사물들과도 그는 친밀한 관계를 맺고 있다. 그러니까 이런 부동성은 그를 다른 사물들보다 훨씬 우월한 사물로 만들어준다. 왜냐하면 그는 침묵하는 자세로도 귀 기울이고, 간혹 조용한 말을 던지며 귀담아 듣기도 하고, 그리고 부드러우면서도 경건한 감정을 표현하면서도 경청할 줄 아는 사물이기 때문이다.

나의 친구 에발트에게 이야기를 들려주는 게 나는 가장 행복하다. 그래서 그가 날마다 앉아 있는 창가에서 나를 보고 "뭐 좀 물어볼 게 있어요" 하고 소리 쳤을 때 나는 정말 기분이 좋았다.

나는 얼른 그에게 달려가 인사를 건넸다.

"지난번에 내게 들려준 이야기는 어디서 들은 거죠?" 그가 알려달라고 청했다. "책에서 읽은 건가요?"

"그래요." 나는 슬픈 표정으로 대답했다. "학자들은 그 이야기가 죽어서 그냥 책 속에 묻혀 있게 놔두었어요. 이 이야기가 죽은 게 그리 오래 된 것도 아닙니다. 백 년 전만 해도 이 이야기는 많은 사람들의 입술 위에서 정말 천하태평하게 잘 살아 있었어요. 그런데 지금 사람들이 사용하는 이 어려운 언어, 노래로 부를 수 없는 이 언어는 그 이야기의 적이었죠. 이 언어는 그 이야기를 여러 사람의 입술에서 하나 둘 거둬가기 시작했죠. 그러다 보니 이 이야기는 결국에 가서는 초라하게 졸아들어 마치 미망인에게 남겨진 형편없는 유산처럼 몇몇 마른 입술에만 남게 된 거죠. 그 입술 위에서마저도 결국엔 죽었죠. 후사(後嗣) 하나 남기지 못하고서. 그래서 아까 얘기했듯이 온갖 영광을 간직한 채 어느 책 속에 매장된 거죠. 가문의 다른 형제들이 묻혀 있는 그곳에 말이죠."

"그 이야기는 아주 늙어서 죽었나요?"

내 친구는 내 목소리의 톤을 그대로 따라 하며 말했다.

"4백 살이나 5백 살은 됐을 거예요." 나는 사실대로 말해 주었다. "친척들 중 몇몇은 훨씬 더 오래 살기도 했죠."

"책 속에 들어가 쉬지도 않고 어찌 그리 오래 살았죠?"

에발트는 의아한 표정을 지었다.

나는 설명해주었다.

"내가 알기로는 그 이야기들은 이 입에서 저 입으로 늘 떠돌아다녔지요."

"그러면 잠도 안 잤나요?"

"아뇨, 자긴 잤죠. 가인(歌人)의 입술에서 일어나긴 했지만, 그래도 가끔 따스하고 어두운 가슴속에 들어가 쉬었습니다."

"노래들이 가슴속에 들어가 잠들 만큼 사람들이 그렇게 조용했나요?"

에발트는 전혀 믿기지 않는다는 투였다.

"아마 그랬던 모양이에요. 그 시절 사람들은 말도 적게 하고, 춤을 출 때도 강도가 서서히 높아가는 어르는 투의 그런 춤을 추었다고 합니다. 무엇보다도 그 시절 사람들은 요란스럽지 않게 웃었어요. 교양 수준이 아주 높아진 요즘에도 종종 들려오는 그런 웃음과는 다른 웃음이었지요."

에발트는 뭔가 더 물어보려다가 참고서 빙그레 웃었다.

"자꾸 묻고 또 묻게 되네요. 혹시 내게 이야기를 들려주려던 건 아닌가요?"

그는 잔뜩 기대하는 눈빛으로 나를 쳐다보았다.

"이야기요? 그건 모르겠고요. 다만 나는 이 노래들이 어느 가문에서 전해 내려오던 유산이라는 것만 말해주고 싶었어요. 노래를 넘겨받고 넘겨주는 거죠. 전혀 사용하지 않은 채로 넘기는 건 아니기 때문에 매일매일 사용한 흔적은 남았죠. 그래도 전혀 손상되지는 않았어요. 마치 오래된 성경이 할아버지에게서 손자에게로 넘어가는 것과 같은 거죠. 이런 상속 권한을 빼앗긴 후손과 그 권한을 누리는 다른 형제자매들의 차이점은, 그런 권한을 빼앗긴 후손은 노래를 아예 부르지 못하거나, 아니면 기껏해야 아버지나 할아버지가 남긴 노래의 극히 일부만을 알 뿐이며, 노래뿐만 아니라, 빌리나[1]와 스카스키[2]가 민중에게 전해주던 체험의 대부분

---

1) 구전된 고대 러시아의 시 및 영웅 서사시.
2) 러시아의 전통 민속우화.

을 잃는다는 것이죠.

이를테면, 예고르 티모페예비치는 아버지의 반대를 무릅쓰고 젊고 아름다운 여자와 결혼해서 함께 성스러운 도시 키예프로 떠났습니다. 이 도시의 근교에는 정교회 소속이었던 위대한 순교자들의 무덤이 있었어요. 열흘 거리에 있는 근방에서 가장 뛰어난 음유가수로 꼽혔던 아버지 티모페는 아들에게 저주를 퍼붓고 이웃사람들을 만나면 그런 아들을 둔 적이 없다고 이야기했습니다. 그렇지만 한과 슬픔에 아버지는 점점 말을 잃어갔지요. 그리고 마치 먼지 쌓인 바이올린 속에 들어 있듯 그의 가슴속에 갇혀 있는 수많은 노래의 후계자가 되려고 그의 오막살이로 구름처럼 몰려드는 젊은이들을 모두 돌려보냈습니다. '아버지, 사랑하는 아버지, 우리에게 노래 한두 가지만 내어주세요. 그러면 우리가 노래를 마을로 나를게요. 저녁이 되어 외양간의 가축들도 모두 조용해지면 당신의 노래가 집집 마당마다 들려오는 소리를 듣게 될 겁니다.'

노인은 밤낮으로 난로 곁에 앉아 고개만 가로저을 뿐이었죠. 귀도 점차 어두워졌어요. 끈질기게 집 주위에 매달려 엿듣고 있는 젊은이들 중에서 누가 또 노래를 달라고 했는지도 모르면서 노인은 몸을 떨며 안 돼, 안 돼, 안 돼, 하는 뜻으로 허연 머리만 가로저었지요. 잠들 때까지 그랬고, 잠이

들어서도 한동안 그랬어요. 노인도 사실 젊은이들의 뜻을 들어주고 싶었겠죠. 자신의 노래들 위에 소리를 잃은 죽은 먼지만 쌓여 있으니 그 역시 안타까운 마음이 왜 없었겠어요. 만약에 젊은이들 중 아무라도 하나 받아들여 노래를 가르쳐주었다면 그 과정에서 혹시 자기 아들 예고로슈카가 기억났겠죠. 그러면 어떤 일이 벌어졌을지 누가 알겠어요. 사람들은 그가 말을 하지 않으니까 우는 그의 모습을 한 번도 보지 못한 것일 뿐이니까요. 한마디 한마디 꺼낼 때마다 흐느낌이 뒤따랐지요. 그래서 그는 조심스레 얼른 입을 닫곤 했지요. 그 소리가 말과 함께 밖으로 나오는 걸 막으려 그런 거죠.

늙은 티모페이는 외아들 예고르가 꼬맹이였을 때부터 몇 가지 노래를 가르쳤어요. 이미 열다섯 살 때 소년은 동네 인근의 모든 청년들 중에서 가장 많은 수의 노래를 가장 정확하게 부를 줄 알았어요. 그렇지만 늙은 티모페이는 명절을 맞아 술을 한 잔 마시면 소년에게 이렇게 말하곤 했어요. '예고로슈카야, 내 귀여운 비둘기야, 내 너한테 벌써 많은 노래를 가르쳤다, 빌리나도 많이 가르쳤고 성담전설도 가르쳤어. 거의 하루에 한 편씩 가르친 것 같구나. 너도 잘 알겠지만 나는 전국적으로 이름을 날린 명창이 되었어. 네 할아버지는 러시아 온지방의 노래를 다 아셨고, 타타르 인들의 이야기까지도 다 아셨단다. 애야, 넌 아직 어려, 그래서 난 네

게 아직 이 세상에서 가장 멋진 빌리나는 안 가르쳐준 거야.
이 빌리나에 나오는 말들은 성상과 같아서 우리가 일상에서
쓰는 말들 하고는 비교도 안 된단다. 그래서 넌 그 가락을
아직 배우지 않은 거야. 그 가락을 들으면 카자흐 사람이든
아니면 농부든 눈물을 흘리지 않을 수 없단다.' 티모페이는
이 말을 아들에게 일요일마다 그리고 러시아 명절 때마다
들려주었지요. 아주 자주 들려준 겁니다. 바로 그러던 중에
아들은 아버지와 한바탕하고서 가난한 농부의 딸인 아름다
운 우스첸카와 사라진 거죠.

  그 사건이 있고서 삼 년이 지났을 때, 티모페이는 병이 들
었어요. 마침 그때는 전국 곳곳에서 키예프를 향한 수많은
순례의 물결이 일던 시절로 막 또 하나의 순례 행렬이 출발
을 앞둔 시점이었지요. 그때 이웃인 오시프가 병든 티모페
이에게 들렀어요. '나는 순례자들과 함께 떠납니다, 티모페
이 이바니치, 떠나기 전에 한 번 포옹을 하게 허락해주세요.'
사실 오시프는 티모페이 노인과 친한 사이가 아니었지만,
먼 여행길을 앞두고 아버지에게 작별인사를 하듯 그에게 작
별인사를 해야겠다는 생각이 들었던 거죠. '제가 가끔 마음
아프게 해드렸던 거.' 그는 훌쩍였습니다. '정말 죄송해요,
선생님, 술에 취해서 그랬던 거예요. 어쩌다 보니 그리 됐어
요. 이제 선생님을 위해 기도하고 촛불도 켜겠어요. 안녕히

계세요, 티모페이 이바니치, 나의 아버지, 하느님의 은총으로 다시 건강해지실 거예요. 건강을 되찾으면 우리를 위해 다시 노래를 불러주세요. 노래를 들어본 지 벌써 한참 됐네요. 정말로 멋진 노래였지요! 이를테면 듀크 스테파노비치에 대한 노래요. 제가 그 노래를 잊었을까 봐요? 그러면 착각하신 거예요! 지금도 잘 알고 있어요. 물론 선생님처럼은 아니지만요… 선생님이야 노래하는 법을 아주 잘 아셨죠. 정말 그랬어요. 하느님은 선생님께 그 재주를 주셨고, 또 다른 사람에게는 다른 것을 주시죠. 이를테면 저한테는…'

벽난로 옆에 누워 있던 티모페이 노인은 몸을 젖히며 신음소리를 내고는 뭔가 말을 하려는 듯한 몸짓을 했어요. 들릴까 말까 하게 예고르의 이름을 부르는 것 같았지요. 예고르에게 무슨 말이라도 전해주려는 듯했지요. 그러나 이웃사람이 문간에서 '티모페이 이바니치, 무슨 할 얘기라도 있나요?'라고 묻자 노인은 다시 꼼짝도 않고 누워 백발의 머리만 가만히 가로저을 뿐이었어요. 그런데 어인 일인지 하느님은 아시겠지만, 오시프가 떠나고서 일 년이 채 안 된 어느 날, 돌연 예고르가 돌아온 거예요. 노인은 그가 누군지 금방 알아보지 못했어요. 오두막 안이 어두웠거든요. 게다가 늙은 두 눈은 새로 온 낯선 이의 모습을 쳐다보려 하지 않았으니까요. 그러나 늙은 티모페이는 낯선 이의 목소리를 듣는 순간 깜짝 놀라며 벽난로 옆 침상에서 펄떡 내려와 늙어서 휘청거리는 두 다리로 섰어요. 예고르는 얼른 노인을 부축했지요. 그러고서 두 사람은 포옹을 했답니다. 늙은 티모페이는 울었고, 젊은이는 누차 물었지요. '아버지, 오래 편찮으셨어요?' 안정을 되찾은 노인은 기어서 다시 벽난로 옆으로 돌아가 눕더니 이번엔 사뭇 다른 어조로 물었어요. '네 안사람은?' 잠시 침묵이 있었죠. 예고르는 침을 뱉었어요. '그냥 보내버렸어요, 애와 함께.' 그는 잠시 침묵했다. '언젠가 오시프가 저를 찾아왔어요. <오시프 니키포로비치인가요?> 하고 제가 물었죠. <그래, 맞아.>라고 그가 대답하더군요. <예고르, 네 부친이 아프단다. 노래도 못 부르셔. 마을이 너무 조용해졌어. 이젠 영혼이 없는 것 같아. 우리 마을이 말이야. 문을 두드리는 기척도 없고, 움직이는 것도 없고, 우는 사람도 이젠 없어. 웃을 이유도 없지.> 그래서 저는 생각해 봤어요. 어떻게 해야 하나? 그래서 아내를 불렀지요. <우스첸카, 아무래도 나는 고향에 돌아가야겠어. 마을엔 노래하는 사람이 이제 없대. 내가 불러야 할 차례 된 거야. 아버님은 편찮으시대.> <그렇게 하세요.> 우스첸카가 그러더군요. <당신을 데려가지는 못해.> 저는 아내한테 설명해주었어요. <아버님은 당신을 싫어하시거든. 그리고 당신한테 다시 돌아오지도 못할 거야. 고향에 가서 일단 노래를 부르기 시작

하면 말이야.〉 우스챙카는 제 마음을 이해해주었어요. 〈자, 그러면, 하느님이 늘 당신과 함께 하길 바라겠어요! 요즘엔 순례자도 많으니까, 동냥을 받기도 수월할 거예요. 하느님이 당신을 도와주시리라 믿어요, 예고르.〉 그 말을 듣고 저는 떠나왔어요. 자, 아버지, 어서 제게 아버지가 알고 있는 노래를 다 말해주세요.'

예고르가 돌아왔으며 늙은 티모페이가 다시 노래를 한다는 소문이 쫙 퍼졌어요. 그러나 그해 가을엔 세찬 바람이 휘몰아쳐 지나가는 행인에게 물어본들 티모페이의 집에서 정말로 노랫소리가 들렸는지 안 들렸는지 알 수가 없었죠. 누가 와서 두드려도 문은 열리지 않았어요. 두 사람은 단 둘이만 있고 싶었죠. 예고르는 아버지가 누워 있는 벽난로 침상 옆에 앉아서 가끔 노인의 입에 귀를 갖다 댔어요. 노인은 실제로 노래를 부르고 있었으니까요. 늙은 그의 목소리는 비록 좀 구부러지고 떨리긴 했지만 가장 아름다운 노래들을 예고르에게 전해주고 있었어요. 그러면 예고르는 머리를 주억거리기도 하고 늘어뜨린 다리를 흔들기도 했지요. 이미 자기가 노래를 하는 것 같았어요. 이렇게 여러 날이 흘러갔어요. 티모페이 노인은 기억 속을 더듬어 더욱더 아름다운 노래를 찾아냈지요. 노인은 밤에도 수시로 아들을 깨워, 이울어 더듬거리는 손으로 알 수 없는 제스처를 해가며 짧은 노래를 한 곡 불렀죠. 그런 다음 한 곡을 더 부르고 다시 또 한 곡을 불렀죠. 그러다 보면 게으른 아침이 부스스 움직이기 시작했죠. 이 세상에서 가장 아름다운 노래를 마치자마자 그는 죽었습니다. 그는 임종을 앞둔 생의 며칠 간 아직도 가슴속에 남아 있는 그 많은 노래들을 시간이 없어 아들에게 전수하지 못하는 것을 너무나 마음 아파했어요. 이마엔 깊은 주름이 간 모습으로 누워 혼신을 다해 기억을 더듬느라 긴장하는 표정이 역력했어요. 그때 그의 입술은 기대감에 바르르 떨렸어요. 때때로 그는 일어나 앉아 잠시 머리를 일렁일렁 끄덕이며 입술을 움직였어요. 그러다 보면 희미한 노래가 흘러나오기도 했죠. 그러나 이제 그는 가장 좋아하는 디우크 스테파노비치에 대한 노래의 같은 대목만 줄곧 반복했어요. 그러면 그의 아들은 좀 이상하게 생각하면서도 아버지의 심기를 건드리지 않으려고 마치 그 대목을 처음 들어보는 듯한 표정을 짓곤 했지요.

늙은 티모페이가 죽고 나자 그 집엔 이제 예고르가 혼자 살고 있었는데, 한동안 그 집은 문이 닫혀 있었어요. 그러던 중 이듬해 새봄이 되자 예고르 티모페이에비치는 수염을 길게 기른 채 문을 열고 나와 마을 곳곳을 돌며 노래를 부르기 시작했어요. 나중에는 이웃마을들까지도 돌았어요. 농부들은 예고르가 아버지 티모페이만큼 노래를 잘한다고 속삭이

곤 했지요. 영웅의 노래나 장엄한 노래들을 수도 없이 많이 알고 게다가 곡조까지 모두 꿰차고 있었으니까요. 그 가락을 듣노라면 카자흐 사람이든 농부든 눈물을 흘리지 않을 수 없었죠.

그런데다가 그의 목소리엔 여태껏 어느 가인에게서도 들어본 적 없는 부드러우면서도 슬픈 기운이 감돌았다고 하지요. 이런 가락은 후렴구에 가서 느닷없이 나타나곤 했는데, 그래서 더욱 감동적이었지요. 이상이 내가 들은 이야기죠."

"그렇다면 그런 가락은 아버지한테서 배운 게 아닌가 보죠?"

잠시 사이를 두었다가 내 친구 에발트가 말했다.

"아마 그런가 봐요." 내가 대답했다. "하지만 어디서 배운 건지는 나도 잘 몰라요."

내가 창문에서 발길을 돌려 걸어가는데 몸이 불편한 그 친구가 몸짓까지 해가며 내 등뒤에 대고 소리쳤다.

"아마 아내와 아이 생각을 했을 거예요. 그건 그렇고 아버지도 이제 세상을 뜬 마당에 혹시 아내와 아들을 자기 곁으로 부르지 않았나요?"

"그런 것 같지는 않아요. 나중에 혼자서 세상을 뜬 걸 보면요."

여섯

정의의 노래

다음번에 에발트의 창문 곁을 지나는데, 그가 나를 보더
니 손짓을 하며 미소를 지었다.

　"아이들한테 무슨 특별한 얘기라도 약속해놓았나요?"

　"그게 무슨 소리죠?"

　나는 놀라서 물었다.

　"내가 예고르 이야기를 해주었더니 이야기에 하느님이
안 나온다면서 투덜대잖아요."

　나는 깜짝 놀랐다. "아니, 이야기에 하느님이 안 나오다
니요? 그럴 리가요?" 나는 다시 생각해보았다. "정말 그렇
군요. 지금 다시 생각해보니 그 이야기엔 하느님에 대한 말
이 한마디도 안 나오네요. 어쩌다가 그렇게 됐는지 모르겠
군요. 누가 이야기를 해달라고 해서 해준다고 해놓고는 평

생 동안 그냥 생각만 하다가 만격이군요…"

나의 이런 열성을 보고 내 친구는 빙그레 웃으며 말했다.

"그렇다고 너무 흥분할 것 없어요." 그는 호의어린 마음에서 내 말을 끊었다. "이야기가 끝나기 전에는 그 이야기 속에 하느님이 나오는지 나오지 않는지 모른다고 봐야 하죠. 왜냐하면 아직도 낱말이 나오고 있지 않거나, 아니면 심지어 이야기의 끝에 가서 휴지부 하나가 빠져 있기만 해도 하느님은 앞으로도 얼마든지 나올 수 있으니까요."

나는 고개를 끄덕였다. 그러더니 몸이 불편한 그는 이번에 말투를 완전히 바꾸어 말했다. "전에 이야기했던 그 러시아 가인들에 대해서 혹시 더 들려줄 건 없나요?"

나는 잠시 머뭇거렸다.

"물론 있긴 하지만, 그래도 우리 하느님 이야기나 할까요, 에발트?"

그는 고개를 가로저었다.

"남다른 그 가인들 이야기가 더 듣고 싶어요. 왜 그런지 모르지만, 나는 그들 중 하나라도 내가 있는 이 방에 나타났으면 좋겠다는 생각을 하곤 해요."

그는 방 안쪽으로 고개를 돌려 문을 쳐다보았다. 그러나 그의 두 눈은 급히 다시 내 쪽으로 돌아왔고, 어딘가 당혹스런 기색이 없지 않았다.

"하지만 그건 불가능한 일이죠." 그는 얼른 말을 바로잡았다.

"그걸 왜 불가능하다고 생각하죠, 에발트? 당신은 다리가 성한 사람들이 접하지 못하는 것들을 만나볼 수 있어요. 성한 사람들은 뭐든 웬만하면 그냥 지나치고 어떤 것을 보면 도망치거든요. 하느님은, 에발트, 당신으로 하여금 분주함의 한가운데 고요한 하나의 점이 되라 정해주신 거예요. 모든 것이 당신 주위에서 요란을 떠는 느낌이 안 들어요? 다른 사람들은 성취만을 좇죠. 그러다가 어느 날 성취를 해도 숨이 가빠 성취의 기쁨을 맛보지 못하죠. 하지만 당신 내 친구는 늘 이 창가에 앉아 그냥 기다리죠. 그리고 기다리는 사람에겐 늘 뭔가 일어나기 마련이죠. 당신은 아주 특별한 운명을 지니고 있어요. 심지어 모스크바에 있는 이베리아 마돈나 상마저도 자기가 있던 예배당에서 끌어내려져 네 마리의 말이 끄는 검은 마차에 실려 세례식이든 장례식이든 의례를 치르려는 사람들에게 가야 해요. 하지만 당신한테는 모든 게 다가가잖아요."

"그래요." 에발트는 생소한 미소를 지으며 말했다. "나는 심지어 죽음까지도 맞이하러 나가지 못해요. 많은 사람들은 길을 가다가 죽음과 마주치죠. 죽음은 사람들의 집에 들어가는 것을 꺼려서 사람들을 낯선 타향이나, 전쟁, 가파른 탑, 흔들거리는 다리, 황야 또는 광기 속으로 끌어내는 거죠. 대부분의 사람들은 바깥 어디론가 죽음을 배웅하러 가서 무심결에 죽음을 어깨에 들쳐 메고서 집으로 돌아오죠. 죽음은 게으르기 짝이 없거든요. 아마 사람들이 끈질기게 괴롭히지 않으면 죽음은 그냥 잠들어 버릴지도 모르죠."

몸이 불편한 친구는 잠시 생각에 잠겼다가 이윽고 자랑스레 말을 이었다.

"하지만 죽음은 나를 원할 땐 내게 직접 찾아와야 해요. 이곳, 꽃도 잘 시들지 않는 밝고 작은 방으로, 저기 낡은 양탄자를 넘어서, 저 옷장을 지나, 테이블과 식탁 끝 사이를 통과하여(저 사이를 빠져나오는 게 쉽지는 않죠), 여기 이 넓고 낡은 사랑스런 내 의자가 있는 곳까지 말이오. 그러면 의자도 아마 나와 함께 죽을 거요. 나와 평생을 살아왔으니까요. 그리고 죽음은 이 일을 할 때 보통 방문객이 하듯이 아주 평범하게 소음도 내지 말고 뭘 뒤집어엎는 일도 없이 괜한 소란을 피우지 말아야 해요. 바로 이런 것들 때문에 이 방이 내겐 정말 사랑스러워 보이는 거죠. 요 좁은 무대에서 모든 일이 벌어지는 겁니다. 때문에 이 마지막 사건도 지금까지 이곳에서 벌어졌거나 앞으로 벌어질 사건들과 별 다르게 여겨질 것도 없는 거죠. 사실 나는 어릴 적부터 사람들이 죽음을 이야기할 때엔 보통 때와는 사뭇 다른 투로 이야기하는 게 좀 이상했죠. 그것도 그저 자기가 죽은 뒤에는 무슨 일이 있을지 모른다는 그 이유 하나 때문에 그런다는 게요. 죽은 사람이나, 아니면 자기를 괴롭혀 온 평생의 고민을 생각해보기 위해 시간을 거두어들이고 진지하게 자기 자신 속으로 침잠한 사람이나 도대체 차이가 뭔가요? 사람들 있는 데에서는 주기도문 외는 것도 힘든 일인데, 말로 된 것도 아니고 사건들로 이어지는 훨씬 신비로운 맥락을 어찌 알겠어요? 우리는 아무도 접근하지 못할 고요 속으로 들어가야 해요. 죽은 자들이란 어쩌면 생에 대해 곰곰이 생각해보기 위해 뒤로 조용히 물러선 사람들인지도 모르죠"

잠시 침묵이 흘렀다. 나는 다음 같은 말로 침묵을 깼다. "그 말을 듣다 보니 한 어린 소녀가 생각나는군요. 그녀는 즐거운 인생의 첫 십칠 년을 그저 바라보는 데에만 바쳤다고 말해도 될 겁니다. 그녀의 눈은 너무나 크고 자신만만해서 받아들인 것은 뭔든지 혼자 다 집어삼켰지요. 그리고 눈과는 별도로 그 어린 몸 속에 들어 있는 생명은 안에서 들려오는 소박한 소음을 먹으며 살아갔죠. 그러나 이 시절이 끝나갈 무렵, 서로 간섭할 것 없던 이 이중생활은 견디기 힘든 격한 사건에 의해 종말을 고합니다. 그녀의 두 눈이 내면을 뚫고 들어간 겁니다. 그리고 외부의 힘겨운 것들이 눈을 통해 어두운 심장 속으로 떨어져 들어가기 시작했죠. 그리고 매일 매일의 삶이 깊고 가파른 시선의 심연 속으로 우당탕 추락하여 비좁은 가슴에 이르러서는 마치 유리잔처럼 와장창 깨져버렸죠. 그 뒤로 이 젊은 처녀는 얼굴에 핏기가 가셨고, 시름시름 앓기 시작했고, 고독해지면서 생각에 잠기기 시작했어요. 그리하여 결국에 가서는 더는 생각에 방해를 받지 아니할 고요함을 스스로 찾아 나서게 되었습니다."

"그 처녀는 어떻게 죽었죠?"

내 친구는 약간 잠긴 목소리로 조용히 물었다.

"그녀는 물에 빠져 죽었어요. 깊고 고요한 연못에 가서요. 연못의 수면에는 많은 동그라미들이 생겨나, 점점 더 커지더니 흰 수련들의 밑동을 건드렸지요. 그래서 미역을 감던 모든 꽃들이 일렁일렁 움직였죠."

"그것도 이야기인가요?"

내 말 뒤의 침묵의 무게를 줄이려고 에발트가 말했다.

"아뇨." 내가 대답했다. "이건 그냥 감정일 뿐이지요."

"그런데 그걸 아이들한테 전달할 수 있을까요? 그 감정 말이에요."

나는 잠시 생각했다.

"어쩌면요…"

"어떻게요?"

"다른 이야기를 통해서요."

그리고 나는 이야기를 시작했다.

"남부 러시아에서 자유를 위해 싸우던 시절의 이야기죠."

"미안한데요." 에발트가 말했다. "그걸 어떻게 이해해야 하나요. 백성들이 황제로부터 벗어나려 했다는 건가요? 그건 내가 러시아에 대해 갖고 있는 생각과 맞지가 않아요. 그리고 당신이 앞에서 했던 이야기들하고도 모순되고요. 이 경우라면 차라리 당신 이야기를 안 듣는 게 낫겠어요. 왜냐하면 나는 러시아에 대해 내 나름으로 갖고 있는 이미지를 더 사랑하니까요. 나는 그 이미지를 고스란히 간직하고 싶어요."

나는 그 말에 살짝 웃음이 나왔다. 그래서 그를 안심시켜 주었다.

"당시엔 폴란드의 지주들이 남부 러시아와 우크라이나라는 이름으로 불린 고요하고 고적한 대초원 지역의 주인이었죠. (사실은 이 말을 먼저 했어야 했다.) 그들은 혹독한 주인이었어요. 이들의 압제뿐만 아니라, 교회의 열쇠마저도 손아귀에 넣고 있다가 돈을 받고서야 신실한 신도들에게 내주곤 했던 유대인들의 탐욕은 키예프 근방과 드네프르강 상부 지역에 사는 젊은이들을 지치게 만들었고, 결국에 이들은 뭔가 생각하게 되었지요. 도시 키예프는 성소로서 애당초 러시아가 4백의 둥근 교회지붕으로 자신의 믿음을 과시했던 곳이지만 갈수록 자기 침잠에만 빠졌고 게다가 화재로 점차 소멸의 길을 걸었지요. 마치 갑자기 노망이 들어 노망의 뒤편으로 밤의 세계만 더욱 더 광활하게 커지는 것 같았어요. 대초원에 살던 백성들은 무슨 일이 있어나고 있는지 전혀 몰랐지요.

그러나 왠지 모를 불안감에 노인들은 밤이면 오두막에서 나와 영원히 바람 한 점 없는 높은 하늘을 말없이 올려다보았어요. 그리고 낮에는 쿠르간의 등성이에 사람들이 올라가 평평한 원경을 배경으로 꼿꼿이 서서 뭔가를 기다리는 것이 보였어요. 쿠르간이란 지나간 선조들의 무덤으로 초원 전체에 걸쳐 잠들어 굳어버린 파도처럼 굽이치고 있어요. 그리고 과거의 무덤들이 산을 이루는 이곳에서 인간들은 깊은 골짜기가 되지요. 그곳에 사는 사람들은 깊고 어둡고 과묵하고, 그들이 사용하는 말은 그들의 실제 삶 위로 걸쳐 있는 흔들리는 약한 다리일 뿐이지요. — 가끔 검은 새들이 무덤들 위에서 하늘로 날아오르기도 해요. 가끔 거친 새 울음소리가 어둠에 잠긴 사람들 가슴속으로 파고들어 깊은 심연에서 사라지고, 반면 새들은 하늘 너머로 사라지지요. 사방 어디를 봐도 이곳은 모든 게 끝간데가 없습니다. 집들조차도 이러한 무한함에서 벗어나지 못하죠. 집에 달린 조그만 창문들도 무한함으로 가득 차 있어요. 다만 어두운 방 모서리마다 오래된 성화가 서 있어 꼭 하느님의 이정표 같아요. 그리고 작은 등잔에서 나오는 불빛은 성화의 그림 틀 위로 넘실거려 꼭 길 잃은 아이가 별밤을 헤매는 것 같지요. 이 성화들만이 유일한 의지처요, 길을 가는 중에 유일하게 믿을 수 있는 표지죠. 어느 집도 성화 없이는 버티지 못한답니다. 성화는 언제 어디서나 필요하지요. 원래 있던 성화가 너무 오래되고 벌레를 먹어 망가지거나, 아니면 누가 결혼을 하여 신접살림을 꾸미거나, 아니면 누가 — 이를테면 늙은 아브라함이 — 죽으면서 합장한 손에 기적을 행하는 성 니콜라우스를 들고서 하늘나라에 가서 이 성화와 그곳에 계신 성자들의 얼굴을 비교해보고 이들 모두로부터 특히 존중하는 이 분을 알아내려고 할 때 그렇죠.

본래 직업이 구두장이였던 페터 아키모비치는 성화도 그렸어요. 어떤 일을 하다 싫증이 나면 그는 세 번 성호를 그은 다음 다른 일로 넘어갔지요. 바느질 일을 하거나 망치질을 하거나, 아니면 성화 그리는 일을 하거나 그에게는 늘 똑같은 경건한 마음이 함께 했어요. 나이가 지긋함에도 그는 아주 정정했어요. 장화를 만드느라 구부렸던 허리는 성화를 그리면서 다시 곧게 폈고, 그렇게 해서 좋은 자세를 유지하면서 어깨와 허리에 일정한 균형감을 주었지요. 그는 평생을 대부분 혼자 지냈으며 그의 아내 아쿨리나가 자식들을 낳고 잃고 결혼시키고 하면서 생긴 일체의 번잡스런 일에는 관여를 하지 않았어요. 나이 칠십이 되어서야 자기 집에 살고 있던 식솔들과 접촉을 하고 인생에서 처음으로 이들을 현실적 존재로 생각했죠. 이들은 바로 평생을 거의 아이들을 돌보는 데 바친, 말수가 적고 신심이 깊었던 그의 아내 아쿨리나, 나이가 꽤 든 못생긴 딸 하나, 그리고 늦둥이로 낳아서 이제야 일곱이 된 아들 알료샤였어요. 페터는 아들을 그림 쪽으로 키우고 싶었죠. 머지않아 혼자 힘으로는 모든 주문을 감당하기 힘들 거라는 걸 알고 그랬던 거죠. 그러나 그는 그림 가르치는 일을 그만두어버렸어요. 알료샤가 한 번은 성 처녀상을 그렸지요. 그런데 엄격하고도 올바르게 그려낸 원화의 모습에는 전혀 미치지 못했죠. 오히려 그가 그린 형편없는 그림은 카자흐 인 골로코피텐코의 딸 마리아나를 그린 것처럼 보였어요. 그러니까 신성모독에 가까운 거였죠. 그래서 늙은 페터는 성호를 여러 번 그은 다음, 그 모욕적인 그림 위에다 서둘러 어떤 이유에서인지 모르지만 그 자신이 가장 떠받드는 성인인 성 드미트리를 그려 넣었지요.

알료샤 또한 그 뒤로는 다시는 그림을 그리려 하지 않았어요. 아버지가 후광에 금빛 칠이라도 하라고 시키지 않으면 그는 대개 밖으로 나가 대초원 어딘가로 쏘다녔어요. 어디에 가 있는지 아무도 몰랐지요. 그를 집에 잡아두는 사람은 아무도 없었어요. 어머니는 그를 염려하면서도 낯선 사람이나 관료나 대하듯 그를 앉혀놓고 무슨 이야기를 할 엄두를 못 냈지요. 아들이 낯선 사람이나 관료처럼 느껴졌던 거죠. 누나도 그가 어렸을 적엔 때리기도 했지만 알료샤가 어른이 된 지금에는 암만 그래봤자 자기를 때리지는 못할 거라며 그냥 무시해버렸죠. 마을에서도 그에게 관심을 가져주는 사람은 아무도 없었어요. 카자흐 사람의 딸인 마리아나는 그가 결혼하자고 고백했을 때 그를 보며 깔깔대고 웃었지요. 그 뒤로 그는 다른 처녀들한테는 자기를 신랑으로 삼아주겠느냐고 묻지도 못했어요. 그를 카자흐 자포로 자위대[3]에 보내겠다는 사람도 없었죠. 신체가 너무 약해 보이는 데다가 나이도 어렸기 때문이죠. 언젠가 한 번은 근처의 수도원으로 도망을 친 적이 있었죠. 하지만 수도사들이 그를 받아주지 않았어요. 그래서 그에게 남은 건 물결치는 구릉의 넓은 대초원뿐이었죠. 언젠가 어느 사냥꾼이 그에게 낡은 총 한 자루를 선물한 적이 있어요. 그 총에 무엇이 장전되어 있는지는 아무도 알 수 없는 노릇이었죠. 알료샤는 그 총을 늘 메고 다녔어요. 하지만 한 번도 쏜 적은 없어요. 무

---

3) 카자흐스탄에 있는 요새.

엇보다 총알이 아까웠기 때문이고, 그리고 또 무엇을 향해 쏘아야 하는지 몰랐기 때문이죠.

　여름이 시작되던 어느 따스하고 조용한 저녁에 식구들은 모두 거칠게 깎아 만든 식탁에 앉아 있었어요. 식탁 위에는 곡식을 빻아 만든 음식이 한 접시 놓여 있었지요. 아버지가 음식을 먹는 중이었고, 다른 사람들은 그 모양을 쳐다보며 아버지가 먹다 남길 음식만을 기다리고 있었어요. 한참 먹던 중에 노인은 숟가락을 갑자기 허공에서 멈추더니 크고 주름진 얼굴을 어느 빛줄기 쪽으로 돌렸습니다. 빛줄기는 문 쪽에서 들어와 식탁을 가로질러 어스름 속으로 뻗어 있었죠. 모두 귀를 기울였어요. 바깥에서 오두막 벽을 뭔가가 툭툭 치는 소리가 났습니다. 부엉이 같은 야행성 새가 날개로 가볍게 들보를 치는 소리 같았어요. 그러나 아직 해도 지지 않았고, 야행성 새들이 마을까지 내려온 적도 여태껏 거의 없었어요. 그때 다시 또 다른 커다란 짐승이 와서 집 주위를 더듬거리며 어슬렁거리는 것 같았어요. 사방의 벽에서 동시에 뭔가를 찾는 짐승의 발걸음 소리가 들리는 듯했습니다. 알료샤는 식탁에서 살그머니 일어났어요. 바로 그 순간 문이 덩치가 큰 거무스레한 무언가에 가려 어두워졌어요. 뭔지 모를 그것은 온 저녁을 다 쫓아버리고 오두막 안으로 밤을 몰고 들어와 큰 덩치로 불안스레 발을 앞으로 내디뎠지요. '오스타프4)야!' 못생긴 딸이 귀에 거슬리는 목소리로 말했어요. 이제 모두가 그의 얼굴을 알아보았지요. 눈먼 음유가수 중의 한 사람이었어요. 그는 노인이었는데 열두 줄의 악기 판두라를 들고 이 마을 저 마을 누비며 카자흐 인들의 대단한 명성과 용맹심과 충성심, 카자흐 인들의 우두머리였던 키르디아가, 쿠쿠벵코, 불바를 비롯한 여러 인물들을 노래했고, 사람들은 모두 귀를 기울여 들었지요. 오스타프는 성화가 모셔져 있을 법한 쪽을 향해 세 번 절을 하고서 (그가 자기도 모르게 머리를 향한 곳엔 성모상이 있었지요.) 난롯가에 앉더니 나직한 목소리로 물었어요. '내가 와 있는 곳이 어느 분의 집인가요?' '우리 집인데요, 선생님, 구두장이 페터 아키모비치의 집입니다.' 페터가 다정하게 대답했어요. 노래를 좋아하는 그였기에 뜻밖의 이 방문이 그로서는 너무나 기뻤지요. '아, 페터 아키모비치 씨 댁이군요. 성화를 그리시는 그 분요.' 눈먼 가인도 따라서 공손하게 말했어요. 그러더니 잠잠해졌어요. 판두라의 긴 여섯 현에서 소리가 나기 시작했어요. 소리는 커지다가 짧은 여섯 현에 이르러 지친 듯이 금세 잦아들었어요. 그리고 이 효과는 박자가 점점 더 빨라지며 반복되어 그걸 듣고 있던 사람들은 마침내

---

4) 19세기에 실존했던 인물 오스타프 미키틴 베레사이. 최후의 음유시인으로 맹인이었다.

눈을 감을 수밖에 없었지요. 점점 더 빠르게 한껏 상승하던 가락이 어느 지점에 가서 추락하는 것을 보는 게 두려웠기 때문이죠. 그때 악기 연주 소리가 딱 끊기더니 음유가인의 아름답고 묵직한 목소리에 자리를 내주었어요. 목소리는 금방 오두막 안을 가득 채웠고, 그리고 이웃 오두막에 있던 사람들도 소리를 지르며 구두장이의 문 앞과 창문 아래로 모여들었지요. 그러나 이번엔 영웅들에 대한 칭송의 노래가 아니었어요. 불바와 오스트라니차, 날리바이코[5]의 명성은 이미 군건해 보였으니까요. 이 카자흐 사람들의 신의는 영원히 확고해 보였죠. 오늘은 군이 이들의 행적을 노래하지 않아도 되었죠. 춤은, 노래를 듣고 있는 모든 사람들의 영혼 속에 깊이 잠들어 있는 것 같았죠. 어느 누구 하나 다리를 움직이거나 손을 치켜세우거나 하지 않았으니까요. 오스타프의 머리처럼 다른 사람들의 머리들도 숙여졌지요. 서글픈 노래에 머리가 무거워진 거죠.

'이제 이 세상에 정의란 없다네. 정의를, 어디 가서 정의를 찾으리? 이제 이 세상에 정의란 없다네. 모든 정의는 불의의 법의 노예로 전락했으니.

오늘날 정의는 사슬에 매여 비참하게 고통을 겪네. 불의는 정의

---

5) 우크라이나의 영웅들.

를 비웃네. 우리는 보았네. 불의는 지주들과 함께 황금 의자에 앉아 있네. 불의는 지주들과 함께 황금 의자에 앉아 있네.

정의는 문지방에 엎드려 애원하네. 지주들 곁에는 악한 것, 불의가 손님으로 가 있네. 지주들은 웃으며 불의를 궁전으로 초대하여 불의에게 꿀술을 술잔 가득 따라주네.

오, 정의여, 어머니시여, 나의 어머니시여, 독수리의 날개를 가진 정의여, 어느 사나이가 찾아오면, 정의롭고 정의로운 사나이가 찾아오면, 하느님이시여, 이 사나이를 도와주소서. 하느님만이 그 일을 하실 수 있으니 정의가 가는 길을 밝혀주시리라.'

사람들은 이제 아주 힘겹게 머리를 쳐들었지요. 이마마다 침묵이 아로새겨졌어요. 말을 꺼내려던 사람들도 그걸 알아챘지요. 그리고 잠시 엄숙한 고요가 흐른 뒤 판두라의 연주가 다시 시작되었어요. 점점 수가 불어가던 청중은 전보다 훨씬 더 잘 이해했죠. 오스타프는 정의의 노래를 세 번 불렀어요. 그때마다 다른 노래가 되었죠. 처음 불렀을 땐 비탄이더니, 다시 반복하여 부르자 비난이 되었죠. 그리고 마지막으로 세 번째로 음유가인이 이마를 높이 쳐들고 짧은 명령들을 줄지어 내리듯 소리치자, 떨리는 말소리에서 거친 분노가 터져 나와 듣는 모든 이를 사로잡아 드넓고도 두려운 열광 속으로 끌고 갔지요.

'청년들이 어디 모이죠?' 가인이 일어서자 한 젊은 농부가 물었습니다. 노인은 카자흐 사람들의 모든 움직임에 대해 들어서 잘 알고 있던 터라 멀지 않은 곳에 있는 한 장소를 일러주었어요. 청년들은 금방 흩어졌어요. 짧은 외침소리가 들렸고, 덜거덕 무기들 부딪치는 소리도 들렸지요. 그리고 여자들은 문 앞에서 울었어요. 그로부터 한 시간 뒤 일단의 농부들이 무장을 하고 마을을 떠나 체르니고프를 향해 출발했지요.

페터는 뭔가 더 알아낼까 하여 가인에게 한 잔의 포도즙을 권했지요. 노인은 앉아서 포도즙을 마시긴 했지만 구두장이의 이런저런 질문에 대해 짤막한 답변만을 했을 뿐입니다. 이윽고 노인은 고맙다는 말과 함께 자리에서 일어났죠. 알료샤가 눈먼 가인을 문지방 너머까지 안내해 주었어요. 밖으로 나온 두 사람이 캄캄한 어둠 속에 서 있었을 때 알료샤가 애원했어요. '누구나 다 전쟁에 나가도 되는 거죠?'

'누구든 갈 수 있지.' 노인은 그렇게 말하고는 밤에는 눈이 잘 보이는 것처럼 성큼성큼 걸어서 사라졌어요.

모두가 잠든 것을 보고 알료샤는 옷을 입은 채로 누워 있던 화덕 곁에서 일어나 총을 들고 밖으로 나갔어요. 밖으로 나온 그는 갑자기 누군가가 자기를 끌어안고 머리카락에 부드럽게 입맞추는 것을 느꼈어요. 다음 순간 그는 달빛에 총

총 걸음으로 서둘러 집 안으로 들어가는 아쿨리나를 알아보았어요. '어머니인가?' 그는 놀랐어요. 야릇한 기분이 들었어요. 잠시 머뭇거렸죠. 어디선가 문이 열렸다 닫히는 소리가 났고, 근처에서 개 짖는 소리도 들렸어요. 그때 알료샤는 총을 어깨에 둘러메고 성큼성큼 걸어갔어요. 아침이 되기 전에 청년들을 따라잡을 생각이었습니다.

집에 있던 식구들은 모두 알료샤가 사라진 걸 모르는 것 같았어요. 모두 식탁에 다시 앉고 나서야, 페터는 빈자리를 알아챘지요. 그는 다시 자리에서 일어나 방 모퉁이로 가서 성모상 앞의 촛불을 하나 켰어요. 아주 가느다란 초였죠. 못생긴 딸은 어깨를 으쓱해 보였어요.

한편, 눈먼 노인 오스타프는 어느새 이웃마을로 가 골목을 누비면서 슬픈 곡조로 노래를 시작했어요. 서글픈 목소리로 정의의 노래를 불렀죠."

몸이 불편한 내 친구는 잠시 기다렸다. 이윽고 그는 나를 의아한 눈빛으로 바라보며 말했다.

"왜 이야기를 마무리 짓지 않는 거죠? 배신 이야기 때와 똑같네요. 그 노인이 바로 하느님이죠"

"이런, 그걸 내가 몰랐군요"

나는 찔리는 표정을 지으며 말했다.

일곱

베네치아 게토의 한 장면

건물 주인이자 구청장이며 자율소방대 명예대장이고 그
밖에도 다른 많은 직함을 갖고 있는 바움 씨는, 간단히 말해
그냥 바움 씨는 에발트와 내가 나눈 여러 대화 중 한 가지
정도는 엿들었던 것 같다. 그리 놀랄 일도 아니다. 왜냐하면
그는 내 친구가 일층에 세 들어 사는 건물의 주인이기 때문
이다. 바움 씨와 나는 오래 전부터 서로 얼굴만 알고 있었다.
그러나 최근에 구청장께서 길을 가다가 멈추더니 그 안에
새가 들어 있었으면 날아갈 만큼 모자를 살짝 들어보였다.
그는 공손하게 미소를 지으며 다음과 같은 말로 나와 안면
을 텄다.

　"가끔 여행을 하시나 봐요?"

"아, 예." 나는 그냥 건성으로 대답했다. "뭐 그냥 그런 편이죠."

그러더니 그는 좀 더 자신 있게 나아갔다.

"그러고 보니 이곳에서 이탈리아에 다녀온 사람은 우리 둘뿐이네요."

"그러게요." 나는 어떻게든 대화에 더 집중하려고 애를 썼다. "그렇다면 그 이야기를 함께 꼭 해봐야겠군요."

바움 씨는 웃었다.

"그래요, 이탈리아. 뭔가 좀 특별한 곳이죠. 나는 우리 집 애들한테 늘 이야기를 들려줘요. 이를테면 베네치아를 한번 보세요!"

나는 걸음을 멈추었다.

"베네치아가 아직도 기억에 생생하세요?"

"아니, 이런. 이것 좀 보세요." 그는 낑낑거렸다. 몸이 너무 뚱뚱해서 화를 내는 데도 힘이 들었다. "내가 왜 기억을 못하겠소? 거길 한 번이라도 가본 사람이라면. 그 골목길들 좀 봐요, 안 그래요?"

"예." 내가 대답했다. "저는 운하를 따라 배를 타고 갔던 게 가장 기억에 남아요. 과거의 유물들 언저리에서 소리 없이 미끄러지듯 가던 게요."

"프랑케티 궁전!"

그가 기억을 떠올렸다.

"카도로 황금저택!"

내가 맞받아쳤다.

"생선시장."

"벤드라민 궁전."

"거기서 리하르트 바그너가…"

교양교육을 받은 독일인답게 그가 얼른 덧붙였다.

"폰테 다리, 아시죠?"

그는 훤히 꿰뚫고 있다는 듯 미소를 지었다.

"물론이죠. 그리고 박물관이 있고요. 그리고 잊지 말아야 할 것이 아카데미죠. 그곳에서 티치아노가…"

이렇게 해서 바움 씨는 꽤 힘든 시험을 자청하여 치렀다. 나는 이야기로 보상을 해주어야겠다고 생각했다. 그래서 당장 이야기를 시작했다.

"릴라토 다리 밑을 지나 터키 상인회관과 생선시장 옆을 지나가면서 곤돌라 사공에게 '오른쪽으로!'라고 말하면 사공은 좀 놀란 표정을 지으며 '도베?'(*이탈리아 말로 '어디요?'라는 뜻-역자) 하고 묻겠죠. 그래도 끝까지 오른쪽으로 가라고 우기고서, 지저분한 쪼그만 운하들 중 어느 운하에서 내리는 겁니다. 곤돌라 사공과 흥정을 하고 욕을 하고서 오밀조밀한 골목을 지나 연기로 검게 그을린 아케이드를 지나면 사람도 별로 없는 텅 빈 광장이 나오죠. 이런 자잘한 이야기를 하는 까닭은 내 이야기의 무대가 바로 거기이기 때문입니다."

바움 씨는 내 팔을 가볍게 툭 쳤다.

"죄송하지만 무슨 이야기인가요?"

조그만 그의 두 눈이 이리저리 불안스레 움직였다.

나는 그를 안심시켜 주었다.

"그렇다고 뭐 그리 대단한 이야기는 아니고요, 선생님, 그냥 어떤 이야기입니다. 실제 언제 있었던 이야기인지도 사실 모릅니다. 어쩌면 알비제 모체니고 4세 총독 통치 때일 수도 있고, 아니면 그보다 더 먼저거나 나중에 있었던 이야기일 수도 있어요. 아마 보셨겠지만 카르파치오의 그림은 자색 비로드 바탕에 그려졌죠. 뭔가 따뜻한 느낌이 들기도 하고 숲 같은 기운이 느껴지기도 하죠. 그리고 그림 속 은은한 빛들 주위로는 뭔가 귀 기울이려 애쓰는 그림자들이 몰려들어 있습니다. 죠르지오네는 광택이 나지 않는 낡은 황금빛 바탕에다 그렸고, 티치아노는 검은 공단에다 그렸는데, 제가 말씀드리고자 하는 그 시절엔 밝은 그림들을 선호해서 흰 비단 바탕에다 그렸지요. 그리고 사람들이 가지고 놀다가 아름다운 입술이 태양을 향해 던지면 바르르 떨며 아래로 떨어질 때 매혹의 귀가 얼른 받아서 간직하던 그 이름,

그 이름은 바로 지안 바티스타 티에폴로[6]였습니다.

하지만 이런 것들은 다 제 이야기에 안 나옵니다. 제 이야기에서는 오로지 실제 모습의 베네치아를 다룹니다, 바로 궁전들의 도시이며, 모험의 도시, 그리고 어느 밤과도 비교가 안 되게 은밀한 로맨스를 풍기는 창백한 해안호의 밤들의 도시죠 — 제가 말씀드리려는 베네치아의 한쪽 편에서는 가난한 일상의 소음만이 있을 뿐이죠. 나날들은 마치 다른 것은 있을 수 없다는 듯 천편일률로 단조롭게 흘러갑니다. 그리고 이곳에서 듣는 노래들은 점점 더 커져만 가는 비탄의 노래로 꾸역꾸역 번지는 연기처럼 하늘로 오르지 못하고 골목길들을 뒤덮지요. 그곳에선 밤만 되면 사람들은 무리를 지어 힐끔힐끔 주위를 살피며 떠돌아다니고, 하고많은 아이들은 광장이나 비좁고 썰렁한 대문에 터를 잡고 앉아 사금파리나 장인들이 산 마르코 성당의 엄숙한 모자이크를 만들고 버린 알록달록한 유리조각들을 가지고 놀지요. 이 게토 지역엔 귀족이 찾아오는 일도 드물지요. 기껏해야 유대인 처녀들이 분수 옆에 모여 있을 때나 가끔 검은 외투에 마스크를 한 어떤 남자의 모습을 볼 수 있죠. 어떤 사람들은 경험으로 이 남자가 외투 주름 속에 단도를 숨겨 가지고 있다는 걸 알죠. 어떤 사람은 언젠가 달빛에 이 청년의 얼굴을

6) 이탈리아의 화가(1692–1767).

보았다고 했는데, 사람들은 그 이후로 검은 옷차림의 이 호리호리한 손님이 지방행정감독인 니콜로 프리울리와 그의 아름다운 아내 카타리나 미넬리 사이에서 태어난 마르크안토니오 프리울리라고 했어요. 그는 이삭 로소의 집 대문 아래 서서 기다리다가 사람들이 가고 나면 광장을 가로질러 멜키세덱 노인의 집으로 들어간다고들 합니다. 멜키세덱 노인은 부유한 금세공사로 여러 아들과 일곱의 딸 그리고 이들에게서 낳은 많은 손자들을 거느린 사람이었죠. 가장 어린 손녀 에스터는 백발의 할아버지의 어깨에 기대어 천장이 낮은 어두운 방에서 그를 기다렸지요. 그 방에는 이런저런 물건들이 반짝반짝 빛을 발했어요. 그래서 비단과 벨벳 천이 그 값진 그릇들을 부드럽게 덮고 있었지요. 이 그릇들이 황금빛으로 뜨겁게 타오르는 걸 식혀주려고 말이죠.

바로 그 방에 마르크안토니오는 백발이 성성한 그 유대인 노인 발치에 은실로 수를 놓은 방석을 깔고 앉아 이 세상 어디서도 듣지 못할 동화를 이야기하듯 베네치아 이야기를 들려주었지요. 그는 연극 이야기도 했고, 베네치아 군대가 벌였던 전투 이야기도 했으며, 외국에서 온 손님들 이야기, 성화와 입상들 이야기, 예수승천일의 대만찬 이야기, 사육제 이야기도 했으며 그리고 자기 어머니 카타리나 미넬리의 아름다움에 대해서도 이야기했어요. 이 모든 게 그에겐 거의 같은 의미로 보였어요. 권력과 사랑과 삶을 다 다르게 표현한 것일 뿐이죠. 이야기를 듣고 있는 두 사람에겐 그 모든 게 낯설었죠. 왜냐하면 유대인들은 여하한 사회적 모임이나 교류에서 엄격하게 배제되었으니까요. 게다가 부유한 멜키세덱은 금세공사로서 모든 사람들의 존경을 받는 입장이라 한 번 가봄직 했지만 한 번도 대의회 쪽에 발을 들여놓은 적이 없었기 때문이죠. 노인은 긴 평생을 살아오면서 자기를 아버지처럼 여기는 유대인들을 위해 대의회에서 여러 특혜를 얻어내기도 했지만 때론 덤터기를 쓰기도 했습니다. 도시에 무슨 재앙이라도 닥치면 사람들은 유대인을 보복 거리로 삼지요. 베네치아 사람들 역시 다른 고장 사람들과 별 다를 것 없어 유대인들을 자신들의 상업적인 목적을 위해 이용했습니다. 사람들은 유대인들을 세금으로 괴롭혔고, 재산을 빼앗고, 갈수록 게토의 영역을 좁혀놓았어요. 이렇게 고난을 당하면서도 자꾸 식구가 불어난 가족들은 집을 한 층한 층 더 하늘로 올려야 했습니다. 그래서 그들이 사는 구역은 바다에 면해 있지 않아 점차 하늘을 향해 자라 올랐지요. 마치 또 다른 하나의 바다를 향해 뻗어간 듯했습니다. 그러다 보니 분수가 있는 광장을 에워싸며 사방으로 가파르게 건물들이 하늘로 뻗어 올라 마치 어느 거대한 탑의 외벽처럼 보였지요.

부유한 멜키세덱은 나이를 많이 먹어 정신이 오락가락했는지 시민들과 아들들 그리고 손자들에게 희한한 제안을 했어요. 헤아리지 못할 만큼 층에 층을 거듭해서 하늘로 올라가고 있는 이 조그만 집들 중에서 언제나 가장 높은 층에 가서 살고 싶다는 것이었어요. 사람들은 노인의 이 희한한 소원을 금방 들어주었어요. 아래쪽 외벽들이 제대로 버틸지를 염려하여 사람들은 바람도 벽의 존재를 전혀 눈치 채지 못할 만큼 가벼운 벽돌로 층을 쌓아 올렸거든요. 그리하여 노인은 일 년에 두 세 번씩 이사를 했지요. 에스터는 할아버지와 떨어지는 게 싫어 늘 할아버지와 함께 했어요. 마침내 그들은 아주 높은 곳까지 올라가 비좁은 방에서 나와 평평한 지붕에 서서 그들의 눈높이에서 바라보면 또 다른 나라가 시작되었죠. 노인은 그 나라의 습속을 뭔 소린지 모를 말로 마치 시편을 읊조리듯 중얼거렸습니다. 이제 이들에게 도달하려면 까마득히 올라가야 했어요. 이방인들이 사는 골목을 통과하여 미끄럽고 가파른 계단을 넘어 아이에게 호통을 치는 아낙네들 곁을 지나 마구 덤벼드는 굶주린 아이들까지 지나야 했지요. 이렇게 거치적거리는 게 많다 보니 이들을 찾아오는 사람들도 드물 수밖에 없었어요. 마르크안토니오 역시 더는 찾아오지 않았지요. 에스터는 그를 그렇게 그리워하지는 않았죠. 예전에 그와 단둘이 있을 때면 그녀는 커다란 눈으로 한참 동안 그를 바라보았죠. 그러다 보면 그가 그녀의 검은 눈동자 속 깊은 곳으로 뛰어들어 죽은 것 같은 생각이 들었죠. 그리고 이제 그의 가슴속에서 그의 새로운 영원한 생이 다시 시작하는 듯했죠. 기독교인으로서 그가 믿었던 그 영생이 말이죠. 젊은 몸속에 그런 느낌을 간직한 채 그녀는 하루 종일 지붕 위에 서서 바다를 찾아보았죠. 그러나 그녀가 있는 건물이 높긴 했지만, 가장 먼저 눈에 들어오는 것은 포스카리 궁전[7]의 합각머리 지붕과 이런저런 탑들, 어느 교회의 둥근 지붕, 더 멀리 햇빛 속에서 바르르 떠는 듯한 또 다른 둥근 지붕, 그리고 물기 머금은 떨리는 하늘가에 돛대와 들보와 서까래들이 만들어낸 격자 창살뿐이었어요.

그해 여름이 끝나갈 무렵, 노인은 건물을 오르기가 무척 힘들 텐데도 사람들의 반대를 무릅쓰고 이사를 했습니다. 지금까지 어떤 집보다 더 높은 집이 새로 지어졌기 때문이었지요. 그렇게 오랜 시간이 흐른 뒤에, 에스터의 부축을 받으며, 다시 광장을 가로질러 가려니, 사람들이 우르르 몰려와 그를 에워싸고서 더듬거리는 그의 손에 입술을 맞추며 온갖 가지 일에 대해 조언을 구했어요. 죽었던 사람이 일정한 기간을 채우고서 무덤에서 부활한 것 같았으니까요. 실

---

7) 15세기에 지어진 사 층짜리 궁전.

제로 그렇게 보이기도 했어요. 사람들은 노인에게 이런 저런 이야기를 했지요. 베네치아에서 폭동이 일어나 귀족들이 위험한 상황에 처해 있고, 조금만 있으면 게토를 제한하던 경계가 무너질 것이며, 사람들은 너나 할 것 없이 똑같은 자유를 누리게 될 거라고요. 노인은 아무 대답도 하지 않고 그저 고개만 끄덕였어요. 이미 오래 전에 그리 될 줄 알고 있었다는 투였어요. 노인은 이삭 로소의 집으로 들어갔어요. 이 집 꼭대기에 새 집이 생겼거든요. 노인은 반나절에 걸쳐서 위로 올라갔어요.

그 꼭대기에서 에스터는 금발의 귀여운 아기를 낳았어요. 몸이 회복되자 그녀는 아이를 팔에 안고 지붕 위로 올라가 말똥말똥한 아기의 두 눈에 처음으로 황금빛 하늘을 한껏 보여주었어요. 눈이 부시도록 맑은 어느 가을날 아침이었어요. 사물들은 빛을 거의 잃고 어두운 모습이었어요. 간혹 날아가던 빛들이 마치 꽃들 위에 내려앉듯 사물들 위에 내려앉아 잠시 쉬다가 황금빛 선의 윤곽을 남겨두고 하늘로 훨훨 날아갔어요. 그런데 빛들이 사라지고 난 쪽을 그 가장 높은 곳에서 바라보니 여태껏 게토 지역의 누구도 보지 못했던 것이 보였어요. 고요한 은빛, 바로 바다였어요. 그리고 그 멋진 광경에 두 눈이 익고 나서야 에스터는 지붕 가장 자리 앞쪽에 있는 멜키세덱을 알아챘어요. 노인은 자리에서 일어나 양팔을 활짝 벌린 채, 이제 서서히 펼쳐지고 있는 낮을 침침한 두 눈으로 응시하려 했어요. 양팔은 높이 올라가 있었고 그의 머릿속에는 찬란한 생각이 감돌았지요. 마치 자신을 제물로 바치려는 듯했어요. 그러더니 몸을 자꾸만 앞으로 구부리면서 늙은 머리를 각이 진 거친 돌에다 짓이겼어요. 아래쪽에 있던 사람들은 광장에 모여 서서 위쪽을 쳐다보았어요. 이런저런 몸짓과 말들이 사람들에게서 일기는 했지만 꼭대기에서 고독하게 기도하고 있는 노인에겐 닿지 못했어요. 그리고 사람들은 꼬부랑할아버지와 갓난아이가 구름 속에 떠있는 듯 바라보았어요. 노인은 자랑스레 두 다리로 벌떡 일어났다가는 겸허한 자세로 다시 바닥에 털썩 엎드리곤 했지요. 한참을 그렇게 했지요. 아래쪽의 사람들은 더 불어났고 노인의 모습을 눈에서 놓치지 않았어요. '저 노인이 바다를 본 걸까? 아니면 후광을 두른 영원한 분, 하느님을 본 걸까?'"

바움 씨는 얼른 뭐라고 말을 하려 했으나, 그렇게 하지 못했다. "바다 아닐까요?" 잠시 후 그는 무덤덤하게 말했다. "정말 인상적이군요"

이렇게 해서 그는 자신이 머리가 트여 있으며 감각이 있음을 보여주었다.

나는 서둘러 작별인사를 했다. 그러나 그의 등뒤에 대고 이 말만은 꼭 하고 싶었다.

"당신 아이들한테 이 이야기를 잊지 말고 꼭 해주세요."

그는 잠시 생각했다.

"아이들한테요? 그런데 말입니다. 이야기 중에 그 젊은 귀족이 나오잖아요, 그 안토니오인가, 뭔가 하는? 전혀 좋은 사람 같지 않은데. 게다가 그 어린아이, 어린아이도! 그런 이야기는 아무래도 아이들한테는…"

"거참." 나는 그를 안심시켰다. "잊으셨나 보군요. 아이들은 하느님이 보내서 오는 거잖아요! 아이들이 왜 의심하겠어요, 에스터는 하늘과 그렇게 가까운 곳에 있으니, 아이를 하나 얻은 거라는 걸 말입니다!"

아이들도 이 이야기를 들었던 모양이다. 늙은 유대인 멜키세덱이 황홀경에 빠져 본 것이 무엇 같으냐고 물으면 아이들은 서슴없이 이렇게 말한다.

"맞아요, 바다도 봤어요."

여덟

돌에 귀 기울이는 남자

나는 몸이 불편한 내 친구와 다시 자리를 함께 했다. 그는 그 특유의 미소를 지어 보인다.

　"나한테 이탈리아 이야기는 한 번도 안 해줬어요."

　"어서 당장이라도 만회해 보라는 얘긴가요?"

　에발트는 고개를 끄덕이고서 어느 새 눈을 감고 귀 기울여 들을 채비를 했다. 나는 이야기를 시작했다.

　"우리가 봄이라고 느끼는 걸 하느님은 지구 위를 스쳐가는 한 자락 덧없는 미소로 생각하시죠. 지구는 뭔가 추억하는 것 같아요. 여름이 되면 지구는 누구한테나 추억 이야기를 하는 것 같죠. 지구는 가을의 위대한 침묵 속에서 더 현명해질 때까지는 그렇게 하고 있죠. 침묵으로 지구는 고독

한 사람한테 속마음을 털어놓죠. 당신과 내가 겪은 봄을 모두 하나로 합쳐도 하느님의 단 1초도 못 채웁니다. 봄이라는 것도 하느님이 느끼시게 하려면 나무나 초원에 머물러 있어서는 안 돼요. 봄은 어떻게 해서든지 인간의 마음속에서 살아 움직여야 해요. 그래야 봄은 시간 속이 아닌 영원 속에 그리고 하느님의 면전에서 살아남을 테니까요.

언젠가 실제 이런 일이 일어나자, 하느님의 눈길은 검은 날개를 퍼덕이며 이탈리아 위에 가서 머물러 있을 수밖에 없었죠. 아래쪽에 보이는 나라는 광휘로 빛났으며, 시절은 황금처럼 반짝였죠. 그런데 이런 광경을 가로지르며 마치 어두운 길처럼 어느 건장한 남자의 그림자가 육중하고 검은 모습으로 놓여 있었죠. 그리고 멀리 그 앞쪽에는 뭔가를 만들고 있는 그의 두 손의 그림자가 분주하게 움씰거리며 한 번은 피사 위로 갔다가 또 한 번은 나폴리 위로 갔다가 하더니, 이제는 일렁이는 바다의 파도에 실려 녹아 없어지고 있었죠. 하느님은 이 두 손에서 눈을 뗄 수가 없었어요. 하느님이 보시기에 그 두 손은 처음엔 기도를 하는 손처럼 합장을 한 듯했죠. 그러나 두 손에서 쏟아져 나온 기도는 두 손을 외려 더 갈라놓았어요.

하늘나라에는 잠시 정적이 흘렀죠. 성자들은 모두 하느님의 시선을 좇았어요. 그리고 하느님처럼 이탈리아를 반쯤 뒤덮고 있는 그림자를 바라보았지요. 그땐 천사들의 찬미가 도 그냥 그들의 입술에서 얼어붙어버렸고, 별들도 바르르 떨고 있었죠. 혹시라도 뭔가 잘못되어 책임을 지게 될까봐 두려웠기 때문이죠. 그리고 또 하느님의 불호령이 떨어질까 봐 조마조마하고 있었으니까요. 그러나 그런 일은 벌어지지 않았어요. 이탈리아 위쪽의 하늘은 활짝 열려서 라파엘은 로마에서 무릎을 꿇고 있었고, 피에솔레의 프라 안젤리코는 구름을 타고 서서 그 모습을 보며 기뻐했어요. 이 순간 지상 에서 수많은 기도들이 하늘로 올라왔지요. 그러나 하느님은 그 기도들 중에서 딱 하나만 알아봤어요. 즉 미켈란젤로의 힘은 마치 포도원에서 나는 향기처럼 하느님을 향해 올라왔 어요. 하느님은 그 힘이 자신의 생각을 가득 채우기를 기다 렸죠. 하느님은 허리를 더욱 구부렸어요. 창조를 하는 그 사 나이의 모습이 보였어요. 그리고 사나이의 어깨 너머로 돌 에 귀를 기울이는 손들이 보였어요. 순간 하느님은 깜짝 놀 랐어요. '아니 그렇다면 돌 속에도 영혼이 들어 있단 말인 가? 이 사나이는 왜 돌에 귀를 기울이는 거지?' 그때 두 손 이 깨어나더니 마치 무덤을 파헤치듯이 돌을 마구 파헤쳤어 요. 돌 안에서 죽어가는 듯한 희미한 소리가 꺼질 듯 말 듯 들려왔어요. '미켈란젤로!' 하느님이 두려움에 소리쳤어요. '돌 속에 누가 있느냐?' 미켈란젤로는 귀를 기울였어요. 그의 두 손이 바르르 떨었어요. 이어 그는 목소리를 죽여 대답했어요. '당신이죠, 나의 하느님이요. 하느님 아니면 누구겠어요? 하지만 저는 당신한테 가지 못해요.' 그 순간 하느님은 자신이 돌 속에 들어가 있는 느낌이 들었어요. 그래서 왠지 불안하고 답답하게 느껴졌어요. 하늘이 몽땅 돌인 셈이지요. 하느님은 돌 한중간에 갇혀서 자신을 해방시켜줄 미켈란젤로의 손을 기다리고 있는 거였어요. 하느님은 미켈란젤로의 손이 다가오는 소리를 들었어요. 하지만 아직 너무 멀게 느껴졌어요.

그러나 거장은 다시 작업에 들어갔어요. 그는 줄곧 이렇게 생각했어요. '당신은 조그만 돌덩이에 불과해요. 다른 사람 같으면 당신에게서 평범한 인간조차 찾아내지 못할 겁니다. 하지만 내겐 여기 어깨가 하나 느껴지는군요. 이건 아리마대의 요제프 것이고요. 여기 마리아가 허리를 구부리고 있군요. 막 십자가에 못 박혀 죽은 우리의 주 예수를 안고 있는 그녀의 떨리는 손이 느껴집니다. 요 조그만 대리석에 이렇게 세 분의 자리가 있다면 내 어찌 바위에서 잠들어 있는 종족을 다 끄집어내지 못하겠나이까?'

대리석을 넓게 빠개서 그는 피에타의 세 인물을 꺼냈습니다. 하지만 그들 얼굴에 드리운 베일은 다 걷어내지 않았어요. 어쩌면 그들의 깊은 슬픔이 그의 두 손 위에 마비를 드리워 놓을까 두려웠는지도 모르죠. 그래서 그는 얼른 다른 돌 쪽으로 자리를 옮겼어요. 하지만 매 작업마다 그는 어느 이마를 너무 해맑게 만들거나 어느 어깨를 너무 완벽할 정 도로 둥글게 만들거나 하는 것을 주저했어요. 그래서 여인 상을 만들 때에도 입가에 마지막 미소를 주지 않았어요. 여 인의 아름다움이 너무 다 드러나지 않게 하려는 거였지요.

그 즈음에 그는 줄리아노 델라 로베레[8]의 묘묘(廟墓)를 구상 중이었어요. 이 철의 교황 뒤쪽에 산을 하나 만들고 이 산에다 하나의 가문 전체를 살게 할 생각이었죠. 어렴풋한 구상들로 머리가 가득 차 그는 자신의 대리석 채석장을 찾 아갔습니다. 어느 가난한 촌락 위로 가파르게 벼랑이 하나 있었죠. 올리브 나무와 비바람에 깎인 바위들로 에워싸여 새로 채석을 한 바위 쪽은 희끗희끗한 머리카락 아래에 있 는 커다란 창백한 얼굴처럼 보였어요. 오래토록 미켈란젤로 는 그 얼굴의 가려진 이마 앞에 서 있었죠. 갑자기 그는 그 때 이마 아래쪽에서 자기를 쳐다보고 있는 돌로 된 거대한 눈을 발견했어요. 그리고 미켈란젤로는 자신의 모습이 이 눈빛의 영향을 받아 자꾸만 커지는 걸 느꼈어요. 이제 그는

---

8) 교황 율리우스 2세(1503~1513). 1505년에 미켈란젤로를 로마로 불러 묘석 을 만들도록 했다. 이 작업은 1545년에야 완성되었다. 원래 계획했던 대 규모 건축물이 결국엔 부조로 바뀌었다.

그 고장 위로 우뚝 솟아났지요. 마치 이 세상이 생기면서부터 이 산과 자신이 형제처럼 마주하고 있었던 듯한 느낌이 들었지요. 그의 발밑에 있는 계곡은 위로 올라가는 사람이 내려다보듯 뒤로 물러섰고, 오두막들은 가축 떼처럼 옹기종기 모여 있었죠. 그리고 바위얼굴은 하얗게 돌 베일을 하고 있어 더 가깝고 친근하게 여겨졌죠. 바위얼굴은 뭔가 기다리는 표정을 짓고 있었죠. 지금은 꼼짝 않지만 당장이라도 움직일 기세였어요.

미켈란젤로는 곰곰이 생각했습니다. '너를 쪼개서는 안 돼. 넌 한 덩어리야.' 그러더니 그는 목소리를 높였어요. '너를 완성시키겠어. 넌 나의 과제야.' 그러고 나서 그는 피렌체로 돌아갔습니다. 그는 별 하나와 대성당의 탑을 보았습니다. 그의 발치에는 저녁이 깔리고 있었습니다.

로마나 포르타 성문에 이르렀을 때, 그는 돌연 망설였습니다. 길 양쪽으로 늘어선 집들이 양팔을 벌려 그를 끌어안으려 하는 것처럼 보였습니다. 어느 새 이들은 그를 붙잡아 도시 안쪽으로 끌고 갔습니다. 갈수록 골목길은 좁아지고 어두워졌지요. 자기 집에 들어설 때 그는 자신이 어떤 신비의 손에 들어 있으며, 거기서 벗어나지 못한다는 걸 깨달았지요. 그는 홀로 달려가 거기서 다시 천장이 낮은, 길이가 그의 걸음으로 두 보폭도 안 되는 방으로 들어갔습니다. 그곳은 그가 글을 쓰곤 하던 곳이었습니다. 사방의 벽들이 그에게 기대어 왔죠. 사방의 벽들은 거대한 그의 덩치와 싸우면서 그를 다시 예전의 조그만 모습으로 되돌리려는 것 같았어요. 그는 그냥 가만히 있었어요. 무릎을 꿇고 벽들이 자신의 모습을 만드는 대로 내버려두었지요. 그는 자기 가슴 속에서 예전에 느끼지 못했던 겸손함을 느꼈으며 어떻게든 작아지고 싶었어요.

그때 어떤 목소리가 들렸어요. '미켈란젤로야, 네 안에 누가 있느냐?' 그 조그만 방에 있던 남자는 두 손으로 이마를 감싸 쥐고 나직하게 말했어요. '당신이지요, 나의 하느님이시여, 당신 아니고 누구겠습니까?'

그러자 하느님의 주위가 넓어졌어요. 하느님은 이탈리아 위에 놓여 있던 얼굴을 자유롭게 들고서 주위를 둘러보았어요. 주위엔 망토와 주교모를 쓴 성자들이 서 있었고, 천사들은 노래를 부르며, 반짝이는 물이 가득 든 항아리를 들고 다니듯, 목말라 하는 별들을 사이를 누비며 다녔지요. 하늘은 끝 간데가 없는 것 같았죠."

몸이 불편한 내 친구는 눈길을 들어 저녁구름이 그의 눈길을 하늘 저편으로 끌어가도록 내버려두었다.

"그런데 저편에 하느님이 계실까요?"

그가 물었다.

나는 침묵했다. 이어 나는 그에게 몸을 구부렸다.

"에발트, 우리는 정말로 이곳에 존재하는 걸까요?"

그리고 우리는 진심으로 두 손을 마주 잡았다.

아홉

골무는 어떻게 하느님이 되었는가

창가에서 떠나며 보니 아까 그 저녁구름이 여전히 그 자리에 그대로 있었다. 구름들은 뭔가를 기다리는 모양이었다. 자기들도 내 이야기를 듣고 싶다는 건가? 구름들한테 한 번 들어보겠냐고 제안해보았다. 구름들은 내 말을 전혀 듣지 않았다. 그래서 내 마음을 전달하고 우리 사이의 거리를 줄여보려고 나는 이렇게 소리쳤다.

　"애들아, 나도 저녁 구름이야."

　구름들은 발걸음을 일부러 멈추고 나를 바라보는 게 분명했다. 이윽고 구름들은 내게 투명하고 연한 붉은 날개를 내밀었다. 이건 구름들이 자기들끼리 인사를 할 때 쓰는 방식이었다. 구름들은 나를 알아본 모양이다.

　"우리는 지구 위에 떠 있어요." 구름들이 설명했다. "더 정확히 말하자면 유럽 위에죠. 그럼 당신은요?"

나는 잠시 머뭇거렸다.

"여긴 땅이야."

"거긴 어떤데요?"

구름들은 캐물었다.

"글쎄." 내가 대답했다. "모든 게 황혼에 물들어 있어."

"유럽도 그래요."

젊은 구름이 웃으며 말했다.

"그렇겠지." 내가 말했다. "늘 듣는 말인데, 유럽에는 사물들이 죽었다는 거야."

"왜 안 그렇겠어요?" 또 다른 구름이 약간 비꼬듯 말했다.

"사실 얼마나 말도 안 되는 소리예요? 살아 있는 사물들이라니?"

"그건 그래도." 나는 말을 굽히지 않았다. "내 사물들은 살아 있어. 그게 다른 점이지. 내 사물들은 여러 가지가 될 수 있어. 연필이나 난로로 세상에 태어났다고 해서 앞으로 나는 다 틀렸구나 하고 생각할 필요는 없어. 연필은 잘하면 지팡이도 될 수 있고, 돛대도 될 수 있거든. 그리고 난로는 적어도 마을의 성문은 될 수 있지."

"내가 보니 넌 아무것도 모르는 꼬맹이 저녁 구름이구나."

아까부터 서슴없이 말을 던지던 그 젊은 구름이 말했다.

늙수그레한 구름 하나 혹시라도 내가 마음 상했을까봐 염려했다. "세상에는 나라도 참 많죠." 늙수그레한 구름이 나를 두둔하는 뜻에서 말했다. "나는 어쩌다가 한 번 독일의 조그만 영주국 위를 지나가봤어요. 그런 나라가 유럽에 속해 있다는 게 나는 지금까지도 믿기지 않아요."

나는 그 구름에게 고마움을 표하고서 말했다.

"우리가 의견의 일치를 보기는 어려울 것 같네요. 그러니 내가 최근에 이 아래쪽에서 본 이야기를 들려줄게요. 그 편이 가장 좋을 것 같군요."

"어서 이야기를 해주시죠."

다른 모든 구름들을 대표해서 그 현명한 늙은 구름이 동의해주었다.

나는 이야기를 시작했다.

"자, 사람들이 한방에 있다고 칩시다. 여기서 내가 위쪽에서 내려다보는 입장이라는 걸 알아야 해요. 그러다 보니 다른 사람들이 마치 어린아이들처럼 보이죠. 그러므로 그들을 간단히 아이들이라고 부르기로 하죠. 그러니까 아이들이 한방에 있어요. 둘, 다섯, 여섯, 일곱의 아이들이에요. 이름 하나하나를 다 들으려면 시간이 좀 걸릴 것 같군요. 그런데 아이들은 이야기하는 걸 너무 좋아하거든요. 아마 이 과정에서 아이들 이름이 자연스레 하나둘씩 나올 거예요. 이들은 아마 꽤 오래 이렇게 모여 있었나 봐요. 왜냐하면 그 중 제일 나이가 많은 아이(다른 아이들이 그 아이를 한스라고 부르는 걸 들었지요)가 대뜸 이렇게 말했거든요. '그래, 절대 이대로 계속돼서는 안 돼. 예전에는 엄마 아빠들이 저녁엔 늘, 아니 적어도 기분 좋은 저녁이면 아이들이 잠들 때까지 이야기를 들려주셨대. 요즘에는 이런 게 없는 거야?' 잠시 사이를 두었다가 한스가 스스로 대답했지요. '요즘엔 없어. 어디서도 보지 못해. 나는 말이야, 이제 나도 자랄 만큼 자랐으니까 엄마 아빠를 그 딱한 용 이야기에서 해방시켜드리고 싶어. 그런 용들 때문에 엄마 아빠도 괜한 고생을 하시니까. 그건 그렇다 쳐도, 부모님은 우리에게 이 세상엔 인어, 난쟁이, 왕자, 그리고 괴물 같은 것들이 있다고 당연히 이야기해주셔야 해.'

'내겐 아주머니가 한 분 계시는데.' 한 여자애가 말했지요. '아주머니는 우리한테 가끔 이야기를 들려주셔.'

'아니, 그건 또 무슨 소리야.' 한스는 얼른 말을 잘랐습니다. '지금 아주머니들 이야기하자는 게 아냐. 아주머니들은 거짓말만 하거든.' 거기 모여 있던 모든 아이들은 대담하고도 논리 정연한 한스의 주장에 주눅이 들었어요. 한스는 말을 이었습니다. '문제는 무엇보다 우리 엄마 아빠야. 이런 면에서 우리를 가르쳐주는 건 엄마 아빠의 의무이거든. 남들 같으면 오히려 더 친절하게 잘 대해주었을지도 몰라. 엄마 아빠한테 그런 걸 기대하기는 힘들어. 아무튼 잘 들어보라고. 우리 엄마 아빠는 어떻게 하고 다니지? 엄마 아빠는 늘 뭔가 기분이 상해서 화난 얼굴로 돌아다니시지. 늘 뭔가 마음에 안 드시는 거야. 소리 지르고 야단치시지. 그러면서도 또 무관심하셔. 세상이 망해도 아마 모르실 거야. 엄마 아빠는 <이상>이라고 하는 것을 갖고 있어. 이상이라는 게 말이야, 혼자 두면 안 되고 늘 골치만 썩히는 어린애 같은 건가봐. 그렇다면 엄마 아빠는 우리를 갖지 말았어야 해. 아무튼 난 이렇게 생각해, 얘들아. 엄마 아빠가 우리를 너무 모른다는 게 슬퍼. 정말 그래. 그래도 우린 이걸 어떻게든 견뎌내겠지. 만약 어른들이 갈수록 — 이렇게 말해도 된다면 — 멍청해지고 더 나빠지지만 않는다면 말이야. 우리는 엄마 아빠의 타락을 어떻게 막을 도리가 없어. 하루 종일 있어 봤자 우린 엄마 아빠한테 아무 영향도 못 끼치거든. 게다가 우리가 학교에서 늦게 돌아와도 어서 앉아서 학교에서 뭐 괜찮을 걸 배웠는지 좀 보자고 하는 사람도 하나 없거든. 피타고라스 정리도 모르는 엄마하고 등잔 밑에 앉아 있는 것도 서글픈 일이야. 이건 앞으로도 바뀌지 않아. 어른들은 갈수록 바보가 되겠지만… 그렇다고 뭐 크게 잘못될 것도 없어. 우리가 뭘 잃겠어? 교양? 어른들은 서로 마주보며 모자를 벗고 인사를 하다가, 대머리가 드러나면 웃는 거지. 아무튼 어른들은 늘 웃어. 우리가 요령 있게 가끔 울어주지 않으면 세상에 균형이 잡히지 않을 거야. 어른들은 또 거만하기 짝이 없어서 황제는 다 어른이 한다는 거야. 내가 신문에서 읽었는데 스페인의 왕은 어린아이래. 그러니까 세상의 왕이나 황제들도 다 어른은 아닌 거야. 어른들 말에 넘어가지 말라고! 그런데 어른들은 이런 쓸데없는 것들 말고도 뭔가 가진 게 있어. 그건 절대 우리가 그냥두면 안 되는 거야. 바로 하느님이지. 하지만 어른들이 하느님과 함께 있는 건 본 적이 없어. 바로 그 점이 미심쩍은 거야. 내 생각으로는 어른들이 정신을 딴 데 팔거나 바빠서 서두르다가 하느님을 어딘가에서 잃어버린 것 같아. 하지만 하느님은 없어서는 안 될 분이야. 이 세상 여러 가지 일이 하느님이 안 계시면 일어나지 못해. 태양도 못 뜨고, 아이들도 이 세상에 오지 못할 거고, 빵도 더는 세상에 못 나올 거야. 빵이야 빵집에서 나오지만 뒤에서 하느님이 앉아 거대한 풍차를 돌려주시는 거야. 하느님이 안 계시면 왜 안 되는지 그 이유는 얼마든지 들 수 있어. 아무튼 확실한 건 어른들은 하느님에게 전혀 신경을 안 쓴다는 거야. 그러니까 우리 어린아이들이 그 일을 맡아서 해야 해. 잘 들어봐, 내가 생각해놓은 게 있어. 지금 여기 있는 아이는 정확히 일곱 명이야. 한 사람이 하느님을 하루씩 지니고 다니는 거야. 그러면 하느님은 일주일 내내 우리와 함께 하게 되는 거지. 그러면 하느님이 어디 계신지도 금방 알 수 있고 말이야.'

이때 아이들은 모두 황당해했죠. 아니 어떻게 그럴 수 있다는 거지? 도대체 하느님을 손으로 잡거나 호주머니에 넣을 수 있다는 건가? 그때 한 꼬마애가 말했지요.

'나는 방에 혼자 있었어. 조그만 등잔이 내 옆에 켜 있었고, 나는 침대에 앉아 저녁기도를 드리는 중이었어. 아주 큰소리로 말이야. 합장한 내 손 안에서 뭐가 꿈틀댔어. 부드럽고 따뜻한 게 꼭 조그만 새 같았어. 난 두 손을 펼치지 못했어. 아직 기도가 다 안 끝났었거든. 하지만 나는 호기심이 나서 기도를 얼른 끝내버렸어. 그래서 아멘을 하면서 이렇게 했지(꼬마는 양 손바닥을 펼치며 손가락을 쭉 펴 보였어요.) 그러나 아무것도 없었어.'

그 장면은 누구나 떠올릴 수 있었죠. 한스조차도 뭐라 말할 수가 없었어요. 모두들 한스만 쳐다보았죠. 그때 한스가 별안간 말했어요. '이런 바보! 아무 거나 다 하느님이 될 수있다니까! 하느님한테 말만 하면 돼.' 그러더니 한스는 바로 옆에 서 있던 붉은 머리 소년에게 말했어요. '그래도 동물은 안 돼. 동물은 도망치니까. 그러나 사물은 괜찮아. 사물은 가만히 서 있잖아. 방에 들어가면 낮이든 밤이든 사물은 그 자리에 그대로 서 있다고. 그러니까 사물은 하느님이 될 수 있어.' 다른 아이들도 점차 한스의 말에 수긍하게 되었지요. '어디든지 지니고 다닐 수 있는 조그만 물건이 필요해. 안 그러면 아무 의미가 없어. 호주머니에 있는 걸 다 털어봐 봐.'

별의별것들이 다 나왔어요. 종잇조각, 주머니칼, 지우개, 깃털, 노끈, 조약돌, 나사못, 호루라기, 대팻밥, 그리고 다른 많은 것들이 있었는데, 멀리서 보면 눈에 보이지도 않게 자잘한 것들로 이름조차 모를 것들이었죠. 그리고 이 물건들은 아이들의 자그마한 손바닥에 놓여서 자기들이 갑자기 하느님이 된다는 생각에 놀란 듯이 보였지요. 그 중에 몇몇이 나름대로 빛을 낼 수 있는 것들은 빛을 내며 한스의 마음에 들어보려고 했어요. 그 중에 하나를 택하는 일은 어려웠지요. 그 중에서 마침내 레지가 가지고 있던 골무가 눈에 띄었어요. 그건 엄마에게서 슬쩍 가져온 것이었어요. 골무는 은처럼 환하게 빛났는데, 그래서 하느님이 되었어요. 한스는 그걸 주머니에 넣었어요. 그가 첫 순서였으니까요. 아이들은 모두 한스의 뒤를 하루 종일 졸졸 따라다녔어요. 그리고 그를 자랑스레 여겼어요. 내일 누가 골무를 가질 건지 그 다음 순서를 정하는 일은 금방 의견의 일치를 보기가 쉽지 않았어요. 그래서 한스는 나름대로 신중하게 생각해서 그 자리에서 일주일 간의 순서를 정했지요. 그래서 다툼이 생길 염려가 없었지요.

이렇게 순서를 정해서 하느님을 지니기로 한 것은 대체적으로 보아 아주 잘한 것이었어요. 하느님을 갖고 있는 사람을 누구나 금방 알아볼 수 있었으니까요. 왜냐하면 골무를 몸에 지닌 사람은 똑바른 자세로 엄숙한 표정으로 걸어다녔고 일요일에 교회에 갈 때 하는 표정을 했으니까요. 첫 사흘 동안은 아이들은 다른 이야기는 하지도 않았어요. 아이들은 틈날 때마다 하느님을 보여 달라고 했어요. 그리고 골무가 자신의 엄청난 권위를 바탕으로 전혀 변한 모습을 보이지 않자, 골무에 붙어 있는 그런 물질적 특성은 본모습을 가린 겉껍질처럼 보였어요. 모든 일은 정해진 순서대로 진행되었어요. 수요일에는 파울이, 목요일에는 어린 안나가 골무를 지녔어요. 토요일이 되었어요. 아이들은 잡기놀이를 하느라 이리저리 미친 듯이 뛰어다녔죠. 그때 갑자기 한스가 외쳤어요. '지금 누가 하느님을 갖고 있지?' 모두 그 자리에 멈추었어요. 서로 얼굴만 멀뚱멀뚱 바라보았어요. 이틀 전부터 골무를 본 사람은 아무도 없었죠. 한스는 누구 차례인지 헤아려보았어요. 답이 나왔어요. 어린 마리였죠. 그래서 어린 마리에게 당장 하느님을 내놓으라고 요구했죠. 그런데 이를 어쩐담? 어린 마리는 주머니를 다 뒤져보았어요. 그제야 아침에 받았던 기억이 났죠. 그런데 지금은 없었어요. 아마도 여기서 뛰어놀다가 잃어버린 것 같았어요.

다른 아이들이 다 집으로 돌아가고 나서 어린 마리는 풀밭에 남아 찾아보았어요. 풀이 마리의 키보다도 더 컸어요. 지나가던 사람이 뭘 잃어버렸느냐고 두 번이나 물었어요. 그때마다 마리는 '골무를 잃어버렸어요.'라고 대답하고는 계속해서 찾아보았어요. 사람들은 한동안 함께 찾다가 곧 허리가 아파서 그만두었어요. 그 중 한 사람은 떠나가며 이렇게 조언을 해주었어요. '오늘은 그냥 집에 가고, 새 골무를 사는 게 좋겠구나.' 그래도 어린 마리는 계속해서 찾아보았어요. 초원은 땅거미가 지면서 점차 낯설어졌고, 풀은 이슬을 맞아 촉촉해지기 시작했어요. 그때 한 남자가 왔어요. 남자는 아이에게 허리를 구부리고 물었어요. '뭘 찾니?' 이번엔 마리는 눈물이 쏟아질 것 같았지만 꾹 참고서 당당하게 말했어요. '하느님을 찾고 있어요.' 낯선 남자는 미소를 짓더니 얼른 마리의 손을 잡았어요. 마리는 이제 아무 일도 없는 듯 남자가 끄는 대로 따라갔어요. 가는 도중에 낯선 남자가 말했어요. '자 보렴, 오늘 나는 참 예쁜 골무를 하나 발견했구나.'

저녁 구름들은 벌써 오래 전부터 안달이 나 있었다. 이제 현명한 구름이 그 사이에 좀 더 뚱뚱해진 모습으로 내게 말했다.

"미안합니다만, 당신이 말한 나라가 어디인지 좀 알려주실 수 있나요?"

그러나 다른 구름들은 깔깔깔 웃으며 하늘나라로 달려가며 늙은 구름까지도 데려가 버렸다.

열

죽음에 관한 동화와 이에 대한 누군가의 후기

나는 시나브로 어둑어둑해져가는 저녁 하늘을 한참을 올려다보았다. 그때 누군가가 말하는 소리가 들렸다.

    "저편 위쪽에 있는 나라에 관심이 많으신 모양이군요?"

    나는 탁하고 창문을 내리듯 화급히 시선을 밑으로 내렸다. 그제야 나는 알아챘다. 나는 어느 곁엔가 마을 공동묘지의 낮은 벽 앞에 와 있었고, 저편 내 앞쪽에는 삽을 든 남자가 서서 빙그레 웃고 있었다.

    "나는 아무래도 여기 이 땅이 좋습니다."

    남자가 말을 이었다. 그러면서 남자는 낙엽들 사이로 군데군데 드러나 있는 검고 축축한 땅을 손가락으로 가리켰다. 낙엽들은 부스럭대며 들썩였는데, 나는 바람이 불기 시작했는지도 모르고 있었다. 나도 모르게 혐오감이 일어나는 불쑥 이렇게 말했다.

"왜 거기서 그런 일을 하는 거죠?"

"이게 다 먹고 사는 방식이지요. 그런데 다른 사람들도 그러는 거 아니오? 당신이 하느님을 저편에 묻듯 나는 사람들을 이곳에 묻는 거요." 남자는 손가락으로 하늘을 가리키며 내게 설명했다. "그래요, 저기 저곳도 하나의 커다란 무덤이지요. 여름엔 야생의 물망초로 뒤덮이지요."

나는 그의 말을 끊었다.

"사람들이 하느님을 하늘에 묻었던 시절이 있었다는 건 사실입니다."

"그렇다면 지금은 사정이 달라졌다는 말인가요?"

남자가 왠지 침울하게 물었다.

나는 말을 이었다.

"예전엔 누구나 한줌의 하늘을 하느님에게 던졌다고 하더군요. 그러나 하느님은 이제 더 이상 그곳에 있지 않아요. 또는 적어도…"

나는 머뭇거렸다.

"그런데 말입니다." 나는 다시 말을 꺼냈다. "옛날엔 사람들이 이렇게 기도를 했지요." 나는 양팔을 크게 벌렸다. 나도 모르게 가슴이 넓어지는 것을 느꼈다.

"당시에 하느님은 여기 이 절망과 어둠으로 가득 찬 인간들의 심연 속으로 뛰어들곤 했지요. 그리고 하느님은 하늘로 돌아가기 싫어했어요. 하느님은 사실 하늘나라를 눈에 띄지 않게 땅 쪽으로 더욱 가깝게 당겨놓았어요. 그런데 새로운 신앙이 시작되었죠. 이 새로운 신앙은 자기네가 떠받드는 새로운 하느님과 옛 하느님이 어떻게 다른지 사람들에게 납득시키지 못했기 때문에(왜냐하면 사람들은 새로운 하느님을 찬양하자마자 여기서 옛 하느님을 알아챘기 때문이죠.) 새로운 계율의 포고 자는 기도하는 방식을 바꾸어버렸지요. 그는 두 손의 합장하는 법을 가르치고 이렇게 선포했어요. '자 보라, 우리의 새로운 하느님은 이렇게 기도 받기를 원하신다. 우리의 새로운 하느님은 너희가 양팔을 활짝 벌려 받아들였다고 생각했던 하느님과는 다른 분이시다.' 사람들은 그것을 따랐고, 양팔을 활짝 벌린 자세는 경멸스럽고 끔찍한 것으로 여겨졌지요. 그래서 나중에 이러한 자세를 십자가에 넣어 사람들이 모두 궁핍과 죽음의 상징으로 삼게 만들었지요.

그러나 다음번에 지상을 다시 내려다보시던 하느님은 소스라치게 놀랐어요. 합장한 수많은 손들이 있는데다가 수많은 고딕식 교회들을 지어놓았기 때문이죠. 하느님을 향해 손과 지붕들이 뻗쳐 있는 모양새가 가파르고 날카로워 마치

적들의 무기 같아 보였죠. 하느님에겐 여태와는 다른 용기가 생겼어요. 하느님은 하늘나라로 되돌아갔지요. 탑들과 새로운 기도들이 자기를 쫓아오는 것을 본 하느님은 하늘나라의 반대편 문으로 빠져나가 그들의 추적을 피했어요. 하느님은 자신의 빛나는 환한 고향 건너편에 막 시작하는 어둠이 있다가 자기를 묵묵히 받아주는 것을 보고 깜짝 놀랐어요. 하느님은 야릇한 느낌을 받으며 이 어스름 속을 계속해서 걸어갔어요. 어스름이 인간들의 심장과 비슷하다는 생각을 했어요. 하느님은 그때 문득 인간들의 머리는 밝지만 인간들의 심장은 이와 비슷한 어둠으로 가득 차 있을 거라는 생각이 들었어요. 그렇다면 더는 인간들의 차디차게 깨어 있는 이성 사이로 가지 말고 인간들의 심장 속에 살고 싶다는 생각이 엄습해왔어요. 그래서 하느님은 가던 길을 계속해서 걸어갔습니다. 하느님을 둘러싼 어둠이 더욱 짙어졌습니다. 하느님이 헤치고 지나가는 밤에서는 기름진 흙덩이의 향기로운 온기가 느껴졌습니다. 그리고 얼마 가지 않아 하느님을 향해 뿌리들이 양팔을 활짝 펼친 멋진 옛날의 기도 자세를 하고 뻗쳐 왔습니다. 세상에 원보다 더 현명한 것은 없습니다. 우리를 피해 하늘나라로 도망친 하느님은 땅을 헤치고 우리에게로 돌아올 겁니다. 그리고 누가 알겠어요. 언젠가 당신이 그 문을 파내게 될지…"

삽을 든 남자가 말했다.

"하지만 그건 동화잖아요."

"우리가 사용하는 언어로야." 나는 점잖게 대답했다. "모든 게 동화가 될 수밖에 없지요. 우리가 말하는 방식을 가지고 어떻게 그게 진실이라 여겨지겠어요?"

남자는 잠시 허공을 응시했다. 그러다가 후다닥 재킷을 챙겨 입더니 물었다.

"잠시 함께 걸을까요?"

나는 고개를 끄덕였다.

"저는 집으로 갑니다. 가는 길이 같을지 모르겠네요. 혹시 여기 살지 않으세요?"

남자는 조그만 격자무늬 문을 연 다음, 문을 다시 구슬픈 소리를 내는 돌쩌귀에 맞추어놓더니 말했다.

"아뇨."

몇 걸음 걷고 나서 남자는 속에 있는 말을 털어놓았다. "아까 하신 말씀 정말 맞습니다." 그가 말했다. "저런 데서 저런 일을 하고 싶어 하는 사람이 있다는 게 참 희한하죠. 전에는 한 번도 그런 생각을 해보지 못했어요. 나도 이제 나이를 먹다 보니 이런저런 생각들이 들어요. 주로 드는 생각은 하늘나라라든가, 뭐 그런 것들이지요. 이를테면, 죽음이요. 죽음에 대해서 우리가 뭘 알죠? 사실 다 아는 것 같지만 실제로는 아무것도 모르는 게 아닐까요? 내가 일을 하고 있으면 아이들(누구네 집 애들인지는 모르지만)이 와서 구경을 하곤 하죠. 그럴 때면 그런 생각들이 떠오른답니다. 그러면 나는 그런 힘을 머리에서 털어버리고 그 힘을 오로지 양팔에서 소모하려고 마치 짐승처럼 달려들어 무덤을 파대지요. 무덤은 규정에 있는 것보다 훨씬 깊이 파지고, 옆쪽에는 흙산이 쌓입니다. 아이들은 거친 내 몸놀림을 보고서 줄행랑을 칩니다. 내가 무슨 일인가로 화가 난 걸로 생각한 거죠." 그는 잠시 생각에 잠겼다. "맞아요, 분노는 분노죠. 살다보면 감각이 무뎌져서 이제는 다 극복한 걸로 생각했는데, 갑자기… 다 소용없어요. 죽음이라는 건 파악할 수 없는, 끔찍한 것이죠."

우리는 잎이 다 진 과일나무들 밑으로 한참을 뻗어 있는 길을 따라 걸어갔다. 이어 우리의 왼쪽에서 숲이 시작되었다. 숲은 한시라도 우리를 덮쳐버릴 캄캄한 밤처럼 보였다.

"짧은 이야기를 하나 들려드릴까요?"

나는 말을 꺼내보았다. "저편에 도착할 때까지면 끝나겠군요."

남자는 고개를 끄덕이고서 짤막한 낡은 파이프에 불을 붙였다. 나는 이야기를 시작했다.

"옛날에 두 사람이 있었습니다. 남자와 여자였죠. 둘은 서로 사랑했습니다. 사랑이란, 다른 곳으로부터는 아무것도 받아들이지 않고 세상만사를 잊고서, 오로지 한 사람이 가진 모든 것을, 그가 가졌던 것뿐만 아니라 가지고 있는 그 밖의 모든 것을 받아들이는 겁니다. 두 사람은 서로 상대방에게 그런 것을 원했지요. 그러나 시간의 소용돌이 속에서 낮이면 직접 연관을 맺어보기도 전에 수많은 일들이 정신없이 오고 가는 수많은 사람들 속에 있다 보니, 그런 사랑을 한다는 게 쉽지 않았죠. 사방에서 사건들이 들이닥쳤고, 예기치 않은 일들이 덜컹덜컹 문을 열어젖혔죠.

그래서 두 사람은 시간에서 벗어나 고독 속으로 들어가기로 결심했지요. 시계의 종소리도 도시의 소음도 들리지 않는 곳으로 말입니다. 그래서 두 사람은 정원에다 직접 집을 한 채 지었지요. 그리고 집에는 문이 두 개 있었죠. 하나는 오른쪽에 그리고 다른 하나는 왼쪽에요. 오른편 문은 남자의 것이었죠. 그래서 남자의 것은 무엇이든 이 문을 통해서 집안으로 들어가게 되어 있었죠. 반면에 왼쪽 문은 여자의 것이었어요. 그래서 그녀가 아끼는 모든 것은 다 이 문을 통과하게 되어 있었죠. 둘은 이렇게 살았습니다. 아침에 먼저 일어나는 사람이 내려가서 자기 문을 열어놓았습니다. 그러면 늦은 밤까지 별의별 것들이 다 집안으로 들어왔지요. 집이 길가에 있는 것이 아닌데도 말이죠. 받아들이는 법을 잘 아는 이들 두 사람의 집안으로 자연풍경이 들어왔고, 빛이 들어왔으며 그리고 바람이 어깨에 향기를 메고 들어왔으며 그밖에 다른 많은 것들이 들어왔지요. 그러나 또한 과거의 일들, 형상들, 운명 같은 것들도 이 두 개의 문을 통해 들어왔습니다. 그리고 모두들 똑같은 환대를 받았기 때문에 원래부터 이 황야의 집에서 살았던 듯한 느낌을 받았죠. 한동안 이런 생활은 지속되었고, 두 사람은 아주 행복했지요. 왼쪽 문이 좀 더 자주 열렸지만, 오른쪽 문으로도 다채로운 손님들이 들어왔어요. 그러던 어느 날 첫 번째 문 앞에서 기다리는 자가 있었으니, 그것은 바로 죽음이었습니다. 그것을 눈치 채고서 남자는 문을 얼른 쾅 닫고서 온종일 빗장을 질러놓았지요. 얼마 후 죽음은 왼쪽 문 앞에 나타났습니다. 여자는 벌벌 떨면서 문을 쾅 닫고 큼직한 빗장을 질러버렸지요. 둘은 이 사건에 대해서 이야기도 하지 않았고, 문을 여는 일도 아주 드물어졌습니다. 그리고 집안에 있는 걸로 연명했지요. 그러다보니 전보다 훨씬 궁색하게 살아야 했습니다. 양식은 점점 줄어들었고, 근심걱정만 늘어갔습니다. 이젠 잠도 편하게 자지 못했고, 그렇게 뜬 눈으로 긴 밤을 지새우다 보면 갑자기 신발을 질질 끌며 뭔가를 두드리는 이

상한 소리가 들려왔지요. 담벼락 밖에서 들려오는 소리였습니다. 두 개의 문에서 꽤 먼 곳이었어요. 담벼락 한 중간에다 새 문을 만들려고 누군가 돌을 깨는 소리 같았습니다. 두 사람은 겁이 더럭 났지만 아무 소리도 듣지 못한 척하며 넘어갔죠. 둘은 떠들기 시작했고 부러 큰소리를 내서 웃었죠. 그러다가 둘이 피곤해지면 벽에 구멍을 뚫는 소리도 잠잠해졌지요. 그 뒤로 두 개의 문은 철석같이 닫혀 있었어요. 두 사람은 감옥에 갇힌 사람들처럼 살았지요. 두 사람은 신경질적이 되었고 엉뚱한 상상을 하게 되었답니다. 그 이상한 소리는 때때로 거듭해서 들려왔지요. 그러면 둘은 입술로는 웃었지만 가슴은 불안해서 거의 죽을 지경이었어요. 그리고 벽을 파는 소리가 점점 더 커지고 뚜렷해져가는 것을 느꼈지요. 둘은 그럴수록 더 큰소리로 떠들고 갈수록 메말라 가는 목소리로 웃어젖혔지요."

나는 침묵했다.

"그래, 그래요." 남자가 옆에서 말했다. "맞아요. 정말 진실한 이야기이군요."

"이 이야기를 어느 오래 된 책에서 읽었지요." 나는 덧붙여 말했다. "책을 읽다가 좀 희한한 경험을 했어요. 죽음이 이번엔 여자의 문 앞에 가서 서 있는 장면을 묘사한 행 끝에 바랜 잉크로 희미하게 그려놓은 작은 별이 하나 있었지요. 별은 구름 사이로 내다보듯이 낱말들 사이에서 내다보았어요. 잠시 나는 이런 생각을 했어요. 글의 행들이 걷히면 행들 뒤에 별들이 총총 떠있는 게 더 잘 보일 텐데. 봄 하늘이 저녁 들어 걷히면서 그런 일이 종종 일어나듯이. 그러다 그 사소한 일을 그냥 잊고 말았지요. 그러던 중 책의 뒷표지 안쪽에서 같은 별이 마치 호수에 비친 것처럼 매끄러운 광택지 위에 그려져 있는 걸 보았지요. 그리고 그 별 바로 아래쪽에는 창백하게 빛나는 수면 위에 물결이 흐르듯 부드러운 행들이 시작되고 있었지요. 글씨가 알아보기 힘들게 여기저기 희미해져 있었지만, 그래도 나는 해독하는 데 성공했어요. 내용은 이러했습니다.

'나는 이 이야기를 자주 읽었다. 틈만 나면 거의 매일 읽었기 때문에 마치 내가 기억하고 있던 이야기를 직접 쓴 게 아닌가 하는 느낌도 받았다. 내가 이 이야기를 받아서 내 나름으로 더 적어보면 이렇다.

여자는 죽음을 한 번도 본 적이 없었다. 그래서 그녀는 천진난만하게 죽음을 집안에 들어오게 했다. 그러나 죽음은 속마음이 좀 음흉한 사람처럼 서두르며 말했다. <이걸 남편한테 줘요.> 여자가 묻는 눈빛으로 쳐다보자 이렇게 덧붙였다. <이건 씨앗이오. 아주 좋은 씨앗이지.> 그러더니 뒤도 안 돌아보고 물러갔다. 여자는 죽음이 자기 손에 건네주고 간 자루를 끌러보았다. 정말로 씨앗 같은 것이 안에 들어 있었다. 단단하고 못생긴 낟알들이었다. 그때 여자는 생각했다. 이 씨앗은 아직 덜 생긴 거야. 앞으로 크겠지. 씨앗이 커서 뭐가 될지는 모를 일이야. 이 못생긴 낟알들을 남편한테 주지 않을 테야. 당최 선물 같지가 않아. 그냥 우리 집 정원의 화단에다 심어놓고 뭐가 자라나는지 한 번 봐야지. 나중에 남편을 데리고 가서 이 식물을 어떻게 얻은 건지 이야기해주어야지. 여자는 실제로 그렇게 했다. 그러고서 둘은 예전과 다름없는 삶을 계속해서 살았다. 남자는 자기 문 앞에 와서 서 있던 죽음을 잠시도 잊지 못하고 처음엔 불안에 떨었지만, 아내가 전과 다름없이 천하태평으로 편안하게 사는 모습을 보고는 자기도 문을 양쪽으로 활짝 열어젖혀 숱한 생명과 빛이 집안으로 들어오게 했다. 다음해 봄, 화단 한가운데에 날씬한 참나리들 사이에 작은 관목이 하나 자라났다. 잎사귀는 검고 갸름했으며 끝은 뾰족해서 월계수 잎사귀와 비슷했고 거무스름한 표면에는 야릇한 광채가 흘렀다. 남자는 이 식물이 어디서 난 건지 물어보기로 날마다 작정하곤 했다. 그러나 날마다 그 생각을 다시 접었다. 거의 같은 생각에서 아내 역시 설명해주는 일을 하루 이틀 뒤로 밀었다.

그러나 한편의 억누른 질문과 다른 편의 감히 하지 못한 대답이 이 두 사람을 자꾸만 이 관목 앞으로 오게 만들었다. 이 관목은 그 검푸른 빛깔 때문에 정원에서 유난히 눈에 띄었다. 다음해 봄이 되었을 때 두 사람은 다른 식물들을 손질하면서 이 관목도 돌보아주었다. 그런데 쑥쑥 잘도 자라는 다른 꽃들에 둘러싸인 채 아무리 햇빛을 받아도 무덤덤하게 첫 번째 해와 다름없이 그대로 있는 그 나무를 보자 두 사람은 마음이 아팠다. 그래서 두 사람은 서로에게 속내를 드러내지 않고서 다음 세 번째 봄에는 이 나무에 온 신경을 쏟기로 결심했다. 그리고 세 번째 봄이 되었을 때 두 사람은 각자 속으로 약속했던 사항을 서로 협조적으로 은밀하게 이행했다. 정원의 다른 쪽은 잡초가 우거졌고, 참나리들은 다른 때보다 사뭇 창백해 보였다. 그러나 두꺼운 구름으로 머리를 짓누르던 밤을 보내고 난 두 사람은 조용히 반짝이는 아침 정원으로 들어가 보았다. 낯선 관목의 검고 갸름한 잎사귀에서 창백한 푸른 꽃 하나가 이미 비좁아진 꽃받침을 딛고서 고스란히 피어나 있었다. 두 사람은 꽃을 바라보며 한마음이 되어 아무 말도 없이 서 있었다. 지금 이 순간 무슨 말을 해야 할지 전혀 생각이 나지 않았다. 문득 이런 생각이 들었기 때문이다. <이건 죽음의 꽃이야.> 그러면서 그들은 동시에 허리를 구부리고 어린 꽃의 향기를 맡았다. ― 그날 아침 이후로 세상은 완전히 달라졌다.' 이상이 그 오래된 책의 표지 안쪽에 적혀 있던 내용입니다."

나는 말을 끝냈다.

"그 책은 누가 쓴 거죠?"

남자가 다급히 물었다.

"글씨체로 보니 여자가 쓴 거더군요." 내가 대답했다. "그걸 알아봤자 무슨 소용이 있겠어요? 글씨도 희미하게 바랬고 글씨체도 옛날 풍이더군요. 그 여자는 이미 오래 전에 죽었을 겁니다."

남자는 깊은 생각에 잠겼다. 마침내 그가 말문을 열었다.

"이야기이긴 하지만 상당히 감동적이군요."

"아, 그건 아마 이야기를 자주 듣지 못해서 그럴 겁니다." 나는 도닥거려주듯 말했다.

"그럴까요?" 그는 내게 손을 내밀었고 나는 그 손을 꽉 잡았다. "그 이야기를 남에게도 들려주고 싶군요. 그래도 되겠죠?"

나는 고개를 끄덕였다. 그때 그가 갑자기 생각난 듯 말했다.

"나는 이야기할 상대가 없으니 누구한테 그 이야기를 하죠?"

"그야 간단합니다. 아이들한테 들려주면 되죠. 당신 일하는 거 구경하러 오는 아이들 말입니다. 그 아이들 아니면 누구한테 하겠어요?"

아이들은 이 마지막 세 편의 이야기를 들었음이 분명하다. 그러나 저녁 구름이 다시 들려준 이야기는, 내가 전해들은 정보가 맞는다면, 부분적으로 일부만 들은 것 같다. 아이들은 키가 작기 때문에 우리 어른들보다 저녁 구름에서 더 멀리 떨어져 있기 때문이다. 오히려 이 저녁 구름 이야기의 경우엔 그게 더 나을지도 모른다. 왜냐하면 한스의 이야기가 길고 상당히 조리가 있기는 해도 그 이야기가 아이들 사이에서 일어나는 일임을 아이들은 능히 알뿐더러 전문가의 입장에서 내가 이야기를 들려주는 방식에 대해 비판을 가할지 모르기 때문이다. 그래도 자기들이 보기엔 힘들이지 않고 너무나 쉽게 견디는 일들을 우리 어른들은 얼마나 서툴게 낑낑대며 겪는지, 차라리 아이들은 모르는 게 낫다.

열아나

절박한 필요에 의해 결성된 모임

나는 우리 동네에도 예술가 모임이 있다는 걸 이제야 알
았다. 이 모임은 최근에 대체로 금방 알 수 있는 어떤 절박
한 필요에 의해 만들어졌다. 이 모임이 아주 '번창 중'이라는
소문이 들린다. 뭘 어떻게 해야 할지 갈팡질팡할 때 모임은
번창하기 마련이다. 모두들 모임이 제대로 되려면 이래야
한다는 이야기를 들었던 모양이다.

　두말할 필요 없이 바움 씨는 이 모임의 명예회원이고, 창
립자이며 모임깃발의 대부(代父)9)이자 그밖에 여러 가지 지
위를 동시에 갖고 있는데, 때문에 그 다양한 지위를 지켜 나

---

9) 모임깃발의 대부. 원어는 Fahnenvater. 릴케가 젊었을 때 오스트리아에
　서는 어느 모임의 창단식에서나 회원 중 한 사람이 모임깃발의 대부가
　되었다.

가느라 고생이 많다. 그는 내게 한 젊은이를 보내 모임에서 주최하는 '저녁행사'에 참석해달라는 초대의 말을 전했다. 당연히 나는 정중하게 감사의 말을 표하고는, 지난 오 년 간의 나의 활동이 그런 것과는 정반대되는 쪽을 지향해 왔다고 덧붙였다.

"한번 생각 좀 해보세요." 나는 상황에 걸맞게 진지한 표정을 지으며 설명했다. "그 이후로 나는 일 분이 머다않고 그런 모임에서 탈퇴하곤 했습니다. 물론 아직도 나를 소위 간직하고 있는 모임들도 있긴 있습니다."

젊은이는 처음엔 놀란 기색을 보이더니, 그 다음엔 존경심 어린 아쉬움의 표정을 지으며 내 발을 내려다보았다. 아마도 내 발을 내려다보며 '탈퇴'라는 말을 되새기는 것 같았다. 왜냐하면 그는 뭔가 알겠다는 듯이 고개를 끄덕였기 때문이다. 그걸 보자 나는 기분이 좋았다. 마침 막 외출을 하려는 참이었기 때문에 나는 그에게 잠시 함께 걷자고 제안했다. 그래서 나는 그 지역을 지나 정거장까지 갔다. 그 방면에 볼 일이 있었기 때문이다. 우리는 많은 이야기를 나누었다. 나는 젊은이가 음악가라는 사실을 알았다. 그 사실을 그는 겸손하게 알려주었다. 그에게서 음악가적인 면모를 찾아보기는 힘들었다. 많은 머리숱뿐만 아니라 당장이라도 튀어오를 듯 남을 도와주려는 자세가 눈에 띄었다. 그리 멀지 않은 길이었지만, 그는 두 번이나 내 장갑을 주워주었고, 내가 주머니에서 뭔가를 찾는 동안 우산을 받아주기도 했고, 자기 쪽에서 얼굴을 붉히면서 내 수염에 뭐가 붙어 있으며 코에도 검댕이가 묻었다고 알려주기도 했다. 그때 그의 마른 손가락들은 길어졌는데, 마치 그렇게 해서 내 얼굴에 다가와 도움을 주려고 열망하는 것 같았다. 젊은이는 또 열성을 발휘해서 가끔 뒤에 쳐져서 펄럭이며 떨어지다가 키 작은 나무들의 나뭇가지에 매달려 있던 시든 나뭇잎들을 아주 즐거이 떼어내기도 했다. 이렇게 자꾸만 머뭇대다가 기차를 놓칠 것 같은 생각이 들어서(정거장까지는 아직 상당한 거리가 남아 있었다) 나는 젊은 친구를 내 곁에 잡아두기 위해 이야기를 하나 들려주기로 했다. 나는 별도의 다른 말 없이 그냥 이야기를 시작했다.

"정말로 필요에 의해서 생긴 그런 모임들이 나중에 어떻게 되었는지 나는 잘 알죠. 자, 이제 알게 될 겁니다. 지금으로부터 그리 오래 되지 않은 시점의 일인데요. 우연히 화가 셋이 한 오래된 마을에서 살게 되었어요. 세 화가는 물론 예술에 대해서는 이야기하지 않았어요. 적어도 그렇게 보였어요. 그들은 저녁 시간엔 오래된 여관의 뒷방에서 모험적인 여행과 자신들이 겪었던 그 밖의 여러 경험을 이야기하면서 보냈어요. 그들의 이야기는 시간이 흐르면서 점점 더 짧아져 나중에는 재치 있는 말만 몇 마디 남아 서로 주거니 받거니 할 뿐이었죠. 오해를 할까봐 미리 말하자면, 이 사람들은 진정한 예술가였어요. 그러니까 타고난 예술가로 우연히 예술가가 된 게 아니었죠. 뒷방에서 보낸 이런 황량한 저녁도 이 사실을 바꾸진 못했어요. 저녁 시간이 이후로 어떻게 전개되었는지 금방 알게 될 겁니다. 속된 다른 사람들이 이 여관에 들어왔어요. 그러자 화가들은 불편함을 느끼고 그곳을 떠났지요. 문을 나서는 순간 그들은 다른 사람이 되었어요. 그들은 골목길 한가운데로 걸어갔어요. 서로 좀 떨어져서 말이죠. 그들의 얼굴엔 아직도 웃음기가, 즉 흐트러진 표정이 남아 있었지요. 그래도 세 사람의 눈빛은 모두 어느 새 진지해져 주변을 살피고 있었어요. 가운데 가던 사람이 갑자기 오른쪽 사람을 툭 쳤어요. 오른쪽 사람은 무슨 뜻인지 금세 알아들었지요.

그때 그들 앞엔 좁고, 부드럽고 포근한 어스름으로 가득 찬 골목이 나타났어요. 길이 약간 오르막이라서 오르면서 보니 전망이 기가 막혔지요. 뭔가 비범하게 신비로우면서도 어딘가 친근한 그런 분위기였죠. 세 화가는 그 인상에 잠시 자신을 맡겼어요. 그들은 아무 말도 하지 않았어요. 그런 인상을 말로 표현할 수 없다는 걸 잘 알고 있었기 때문이죠. 그들이 화가가 된 이유는 이 세상엔 말로 표현할 수 없는 많은 것들이 있기 때문이었죠. 어디선가 불쑥 달이 떠올라 합각머리 지붕의 모양새를 은빛으로 그려보여 주었어요. 그리고 어느 뜰에선가 노랫소리가 솟아올랐지요. '알팍하게 기교를 부리는군.' 가운뎃사람이 투덜댔어요. 그리고 세 사람은 계속해서 걸어갔습니다.

그들은 이제 아까보다 조금 더 가까이 붙어서 갔습니다. 그래도 여전히 그들은 길의 폭을 거의 다 차지했죠. 그러던 중 그들은 갑자기 어느 광장에 이르렀어요. 이번에 다른 사람들의 주의를 끈 것은 오른쪽 사람이었어요. 이렇게 넓고 확 트인 공간으로 나오니 달빛은 성가신 것이 아니라, 오히려 그 반대로 꼭 있어야 할 뭔가가 되었어요. 달빛은 광장이 더 넓게 보이게 해주었고, 건물들에겐 뭔가 엿듣는 듯한 놀라운 생명력을 불어넣어주었어요. 그리고 달빛에 환히 비치는 포도(鋪道)의 평면은 한가운데 있는 분수와 분수가 던지는 무거운 그림자에 의해 무자비하게 잘렸는데, 그 대담한 장면이 유독 화가들의 눈길을 끌었지요. 그들은 가까이 모여 서서 이른바 이 정취의 젖가슴을 한껏 빨았습니다. 그러나 그들은 기분 나쁘게도 뭔가에 의해 방해를 받고 말았어요. 가벼운 발걸음이 서둘러 다가오자, 분수의 어둠 속에서 어떤 남자의 형상이 풀려나오더니 그 발걸음과 그 발걸음에 딸려온 모든 것들을 보통 하는 식 대로 아주 다정하게 맞아주었죠. 그 아름답던 광장이 갑자기 추잡한 삼류 화보잡지의 삽화가 되고 말았어요. 그러자 세 화가는 마치 한 사람의 화가처럼 거기서 얼굴을 돌려버렸어요. '이건 또 삼류 멜로드라마군!' 오른편에 있던 화가가 분수가의 연인을 빗대어 적확한 기술적 표현을 써가며 소리쳤어요.

하나같이 화가 나 씩씩대며 화가들은 한동안 아무 생각 없이 시내를 누비고 다녔어요. 뭔가 모티프를 발견하기만 하면, 그때마다 저급한 상황에 의해 그림의 고요하고 소박한 모습이 깨지는 바람에 또 다시 화가 치밀었지요. 자정쯤에 그들은 여관으로 돌아와 막내인 왼쪽에 있던 화가의 방에 모여 있었어요. 잠을 자러 갈 생각은 하지 않았지요. 한밤중에 산책을 했더니 여러 가지 아이디어와 착상이 가슴속에 떠올랐던 거죠. 그들은 지금 셋 다 생각이 같다는 것을 확인하고는 열을 내가며 각자 의견을 내놓기 시작했어요. 완벽한 문장들을 내놓았다고 할 수는 없지요. 그들은 몇마디 말을 주거니 받거니 했습니다. 보통 사람 같으면 전혀 알아듣지 못할 말들이었지요. 그러나 이들은 그런 말로 의사소통을 아주 잘했지요. 때문에 이웃 방에 있던 사람들은 새벽 네시까지 잠을 이루지 못했지요.

이렇게 오랫동안 함께 앉아 있다 보니 현실적으로 눈에 보이는 성과도 있었어요. 뭔가 모임의 형식을 띤 것이 만들어진 거죠. 세 예술가의 생각과 목표가 서로 떼어놓지 못하리만큼 유사하다는 것을 확인한 순간 이미 모임은 만들어진 거나 다름없었죠. '모임'의 첫 번째 공동 결의는 금세 실행에 옮겨졌어요. 그들은 세 시간을 차를 타고 시골로 가서 함께 농가를 하나 빌렸어요. 이 시점에 도시에 머문다는 것은 아무래도 의미가 없었으니까요. 교외에 나가 무엇보다 '스타일'을 습득하고 싶었어요. 다시 말해 나름의 독특한 개성과 눈과 손을 습득하고, 또 그리고 화가의 입장에서 그것 없어도 살 수야 있겠지만 그것이 없으면 그림을 그릴 수 없는 그 밖의 모든 것들을 습득하고 싶었던 거죠. 이런 미덕들을 습득하려면 협력관계 즉 '모임'이 도움이 되겠다는 생각이었죠. 특히 이 모임의 명예회원인 '자연'의 도움이 필요했겠지요. '자연'이라는 말을 이 화가들은 하느님이 창조하였거나 창조하였을 법한 것들로 이해했지요. 울타리나, 집, 분수, 이런 모든 것들은 대개 사람들의 손을 거쳐 만들어진 것들이죠. 그러나 이것들이 한동안 자연풍경 속에 서 있으면서 나무나 덤불, 그 밖의 주변 환경으로부터 어떤 속성들을 받아들이게 되면 흡사 하느님의 소유물이 되고 또 나아가서 화가의 재산이 되는 겁니다. 하느님이나 예술가나 그때그때 다 같은 풍요로움과 다 같은 빈곤을 겪으니까요.

  그건 그렇고, 이 공동의 농가 주변에 뻗쳐 있는 자연 속에 뭔가 특별한 보물이 있을 걸로는 하느님도 생각지 않았어요. 그러나 오래지 않아, 화가들은 하느님에게 한 수 가르쳐주었지요. 그 지역은 평평했어요. 그건 부인하지 못할 사실이었죠. 그러나 그곳의 그림자의 웅숭깊음과 그곳의 빛의 찬란한 높이로 계곡과 산꼭대기가 생겨났고, 이것들 사이에 자리한 수많은 중간 색깔들은 드넓은 초원과 기름진 들판이 어우러진 그 지역에 어울리는 것이었지요. 그 지역은 산악지대의 물질적 부에 맞먹는 것을 갖고 있었어요. 나무도 몇 그루 없었고, 그마저도 식물학적으로 동일종이었지요. 그렇지만 이 나무들이 표현하는 감정을 통하여, 어느 한 나뭇가지의 그리움을 통하여, 또는 나무줄기의 부드러운 존경심을 통하여 이 몇 안 되는 나무들은 개별 나무들이 수없이 모여 있는 것처럼 보였지요. 그리고 여러 그루의 버드나무들은 하나의 인격을 지녀 예기치 않은 다양한 모습과 심도 있는 태도로 화가들에게 거듭거듭 놀라움을 주었지요. 화가들의 열광은 어마어마했고, 또 작업을 하면서 너무나 일체감을 느꼈으므로 세 화가가 반 년 뒤에 각자 자기 집으로 이사를 한 것은 큰 의미가 없었지요. 그냥 공간적인 문제 때문에 그랬다고 보면 그만이지요. 하지만 여기서 한 가지 짚고 넘어가야 할 이야기가 있어요. 화가들은 그들 모임의 일주년 기념행사를 어떠한 형식으로든 치르려고 했지요. 그 짧은 기간 동안에 그토록 많은 결실을 가져다주었으니까요. 그래서 세 사람은 이를 위해 각자 다른 두 사람의 집을 몰래 그려보기로 했어요.

약속한 날 그들은 각자 자기가 그린 그림들을 가지고 모였어요. 그들은 각자 자기 집에 대해서 이야기하기 시작했어요. 위치는 어떻고 어떤 편리함이 있는지 등등에 대해서 말이죠. 이야기에 너무 열을 내다보니 대화중에 각자 가져온 유화 스케치를 잊고 밤이 늦자 가져왔던 보따리도 끄르지 않고 그냥 집으로 돌아갔지요. 어쩌다 이런 일이 벌어졌는지는 참 이해하기 힘들죠. 그러나 이들은 다음번에 만났을 때도 각자 가져온 그림들을 보여주지 않았어요. 그리고 한 사람이 다른 사람 집을 방문해보면(일이 많아지면서 이런 방문은 점차 횟수가 줄었는데) 친구의 이젤에는 초창기에 셋이 아직 함께 농가에 살 때 그리던 스케치가 걸려 있었지요.

그러나 그러던 어느 날, 오른쪽의 남자(그는 지금도 오른편에 살기 때문에 앞으로도 그렇게 부르기로 하죠)는 앞에서 내가 막내라고 부른 남자의 집에 들렀다가 아까 말했던, 아직 공개하지 않은 기념 그림들 중의 하나를 발견했어요. 그는 그림을 잠시 찬찬히 들여다보다가 햇볕이 있는 곳으로 들고 가서 보고는 갑자기 웃음을 터뜨렸어요. '이것 좀 보게,

이럴 줄 몰랐는데. 내가 사는 집을 꽤나 멋지게 그려냈어. 정말 재기가 넘치는 캐리커처군! 여기 이런 형태나 색조 상의 과장이나, 합각머리 지붕을 강조하여 대담하게 그려낸 솜씨나, 정말 뭔가가 있어 보이는군.' 그러나 막내의 얼굴 표정은 그리 밝아 보이지 않았어요. 오히려 그 반대였지요. 당황한 나머지 그는 가운뎃남자를 찾아갔어요. 그 남자는 셋 중 가장 이성적인 사람이니 그에게서 위로의 말을 들어보려한 거지요. 막내는 이런 일만 당하면 금세 소심해져가지고 자신의 재능을 의심하는 경향이 있었거든요. 그는 가운뎃남자를 그의 집에서 만나지 못했어요. 잠시 아틀리에를 이리저리 뒤지는데 그림 한 점이 눈에 들어왔죠. 그림 한 번 정말 후졌어요. 집은 집인데 천하에 바보나 그런 집에 살 것 같았죠. 건물의 앞모습 하고는! 건축에 대해 아무것도 모르는 인간이 집을 지으면서 형편없는 자신의 미술 실력을 건물에 적용해본 듯했습니다. 갑자기 막내는 마치 손가락을 데인 듯 그림을 얼른 치워버렸어요. 그림의 왼쪽 가장자리에 일주년 기념 날짜가 적혀 있었고 그 옆에는 '우리 막내의 집'이라는 글씨가 적혀 있었거든요. 그래서 물론 그는 집주인을 기다리지 않고 기분이 상해서 집으로 돌아왔습니다.

그 일이 있은 뒤로 막내와 오른쪽 남자는 조심스러워졌습니다. 그들은 아주 동떨어진 소재를 구하러 다녔고, 자신들에게 그렇게 유익한 모임의 이 주년 기념 날짜가 다가와도 아무런 기념 준비도 하지 않았습니다. 아무것도 모르는 가운뎃남자는 더욱 더 열심히 오른쪽 남자의 집과 가장 관련이 깊은 소재를 구하여 그림을 그렸지요. 왠지 모르게 그는 그림의 소재로 집 자체를 선택하고 싶지 않았어요 ─ 다 완성된 그림을 오른쪽에 사는 남자에게 가져다주었더니 이웃집 남자는 눈에 띄게 자기감정을 숨기면서 슬쩍 한 번 훑어보고는 하나마나한 말을 한마디 했지요. 그리고 잠시 있다가 이렇게 말했습니다.

'최근에 자네가 그렇게 멀리까지 여행을 했는지 미처 몰랐네.'

'뭐라고, 멀리? 여행을 했다고?'

가운뎃남자는 무슨 말인지 한마디도 이해하지 못했죠.

'여기 이 잘난 그림에 있는 거 말이야.' 상대방이 대답했죠. '이거 아무래도 네덜란드 풍 모티프 같은데…'

가운뎃집의 이성적인 남자는 껄껄대며 웃었어요.

'훌륭하군! 이 네덜란드 풍 모티프는 자네 집 대문 앞에 있는 거야.'

그는 흥분해서 웃음을 그칠 수가 없었죠.

그러나 그의 모임 동료는 웃지 않았죠. 전혀 웃지 않았습니다. 그는 억지로 미소를 지으며 말했죠.

'농담 한 번 잘하는군.'

'농담이 아니라니까. 대문을 한 번 열어보게. 내가 직접 보여줄 테니.'

가운뎃남자는 그러면서 직접 문을 향해 일어나 가려 했지요.

'잠깐.' 집주인이 명령조로 말했어요. '분명히 말하는데, 난 이 고장 풍경을 한 번도 본 적 없으며 앞으로도 볼 생각이 없네. 내 눈에는 존재할 만한 가치도 없거든.'

'그렇지만…'

가운뎃화가는 놀라서 말했어요.

'계속 그렇게 나올 텐가?' 오른편 화가는 말을 이었어요. '오늘 중으로 떠나겠네. 나보고 떠나라는 거군. 내가 이런 고장에서 살기 싫어하니까. 알겠나?'

그렇게 해서 그들의 우정은 끝났어요. 그렇다고 그들의 모임까지 끝난 건 아니지요. 오늘날까지 법적으로 정식으로 해체된 건 아니니까요. 지금까지 그렇게까지 할 생각을 한 사람은 아무도 없습니다. 그러니 이 모임이 현재 전 세계에 퍼져 있다는 주장도 전혀 무리는 아닐 겁니다."

"여기서 다시 한 번 보네요." 생각에 깊이 잠긴 듯 입술을 뾰족하게 내밀고 있던 친절한 젊은이가 말을 끊었다. "그런 모임이 가져다주는 거대한 성과를 말입니다. 많은 걸출한 거장들은 아마 이런 내적인 관계에서 태어나지 않았을까요…"

"얘기를 좀 더 할게요." 내가 부탁했다. 그때 그는 불쑥 내 소매에 묻은 먼지를 털어주었다. "지금까지 한 이야기는 본론을 위한 서론에 불과해요. 어쩌다 보니 서론이 좀 복잡하게 되었습니다만. 방금 말했지만, 이 모임은 전 세계로 번져나갔지요. 이 말은 사실입니다. 세 사람의 회원은 정말로 두려움을 느끼고서 서로에게서 도망쳤습니다. 어디를 가도 그들은 마음의 평화를 찾지 못했어요. 세 사람은 각자 혹시라도 상대방이 자기 땅을 알아보고 아무렇게나 그려서 신성한 아름다움을 망쳐놓을까 봐 두려움 속에 떨었지요. 지구의 서로 반대편 가장 끝쪽 세 지점에 도달한 세 사람은 각자 자신의 하늘이, 즉 여태껏 독창성을 키워가며 자기 것으로 만든 하늘이 여전히 다른 두 사람의 손에 닿을 수 있다는 생각이 떠오르자 좌절감을 느꼈어요. 이 충격의 순간에 세 사람은 모두 동시에 이젤을 들고 뒷걸음질을 쳤어요. 다섯 걸음만 더 떼어놓으면 그들은 지구의 끝자락에서 무한을 향해 추락하여 무서운 속도로 지구와 태양을 도는 이중의 운동에 말려들 지경이었지요. 그러나 하느님이 직접 나서서 보살펴준 덕에 이런 끔찍한 운명은 피했어요. 하느님은 위험을 알아채고 절체절명의 순간에(어찌 달리 할 수 있었을까요?) 하늘의 한중간으로 나오셨지요. 세 화가는 소스라치게 놀랐어요. 그들은 이젤을 세우고 팔레트를 펼쳤지요. 이 기회를 놓칠 수는 없는 일이죠. 하느님은 허구한 날 아무한테나 나타나시지 않으니까요. 그때 세 화가들은 각각 당연히 하느님이 자기 앞에만 모습을 나타내신 걸로 생각했죠. 아무튼 이들은 점점 더 그 흥미로운 작업 속으로 빠져들어갔지요. 그리고 하느님이 하늘나라로 다시 돌아가려고 하면 그때마다 성 누가가 나서서 세 화가가 그림을 끝낼 때까지 밖에 좀 더 머물러달라고 부탁을 드렸지요."

"그렇다면 그 신사 양반들은 그린 그림들을 벌써 전시했겠네요, 아니면 혹시 판매했나요?"

음악가가 아주 부드러운 말투로 말했다.

"무슨 뚱딴지 같은 생각을 하는 거요?" 나는 그의 말에 손사래를 쳤다. "그들은 여전히 하느님을 그리고 있어요. 어쩌면 죽을 때까지 그리고 있을 거요. 그러나 만약 (이건 사실 불가능한 일이지만) 이들이 죽기 전에 다시 한 번 모여 그 사이에 각자 그린 하느님의 모습을 서로에게 보여준다면, 누가 알겠소, 아마도 그 그림들은 서로 구별하기가 쉽지 않을 거요."

이제 우리는 정거장에 도착했다. 아직 오 분의 여유가 있었다. 나는 젊은 친구에게 동행해주어서 고맙다는 인사를 건네고 그가 멋지게 대변해주고 있는 젊은 모임이 번성하기를 바란다는 축원의 말도 해주었다. 그는 조그만 대합실의 창턱을 짓누르는 듯한 먼지를 오른손 집게손가락으로 툭툭 쳐내고는 깊은 생각에 빠졌다. 이건 자화자찬이지만 나의 짧은 이야기가 그를 벌써 깊은 상념에 잠기게 한 것 같았다. 작별 인사의 표시로 그가 내 장갑에 묻어 있던 붉은 털실을 한 오라기 집어냈을 때 나는 감사의 뜻에서 이렇게 말해주었다.

"들판을 가로질러 가는 게 더 좋을 겁니다. 이 길이 도로로 가는 것보다 훨씬 가까워요."

"죄송한데요." 그러면서 친절한 젊은이는 허리를 굽혀 인사했다. "저는 아까 왔던 길을 따라서 가려 해요. 지금 막 아까 거기가 어디였는지 생각하는 중입니다. 선생님께서 아까 저한테 아주 귀중한 이런저런 이야기를 들려주실 때, 실은 허름한 옷을 입고 들판에 서 있는 허수아비를 보았거든요. 그런데 한쪽 소매가—제 생각엔 왼쪽 소매였던 것 같은데요—말뚝에 걸려서 바람에 흔들리지도 못하고 전혀 꼼짝도 않고 있더군요. 저도 이제 인류를 위해 뭔가 조그만 일이라도 기여하고 싶은 생각이 들어서요. 인류라는 것도 사실 모임

같은 거 아닐까요. 거기서 각자 뭔가 맡은 바 일을 해야 하는 거죠. 이번엔 허수아비의 왼쪽 소매를 원래의 뜻대로 바람에 날리도록 되돌려주고 싶습니다…"

젊은이는 아주 상냥한 미소를 지으며 떠나갔다. 하마터면 나는 기차를 놓칠 뻔했다.

이 이야기의 몇몇 대목이 그 젊은이에 의해 그 모임의 '밤' 행사에서 노래로 불려졌다. 그 대목에 곡을 붙여준 사람이 누군지는 아무도 모른다. 모임의 깃발의 대부인 바움 씨는 그 이야기를 집에 있는 아이들에게 가져갔고, 아이들은 몇몇 가락을 기억했다.

열둘

거지와 오만한 아가씨

우연히 우리, 즉 교장 선생님과 나는 다음과 같은 조그만 사건의 증인이 되었다. 우리가 사는 마을의 숲 어귀에는 가끔 늙은 거지 하나가 나와 서 있었다. 오늘도 거지는 그곳에 나타났다. 평소보다 더 궁색하고 초라해보였다. 하고 있는 옷의 행색이 어찌나 초라한지 그가 기대어 있는 썩은 판자 울타리의 각목과 거의 구분이 안 될 지경이었다. 바로 그때 꼬맹이 아가씨가 그에게 달려가 동전 하나를 건네주려는 장면이 목격되었다. 그게 그리 이상할 것은 없었다. 다만 놀라웠던 것은 동전을 건네는 꼬맹이 아가씨의 태도였다. 그녀는 멋지게 무릎을 구부려 절을 한 다음 늙은 거지에게 남이 볼세라 얼른 동전을 건네고 다시 무릎을 굽혀 인사하고서 줄행랑을 쳤다. 무릎을 굽혀 한 이 두 번의 절은 적어도 황제나 받을 법한 것이었다. 그것을 보고 교장 선생님은 무척이나 화가 났다. 교장 선생님은 당장 거지에게 달려가 그를 판자울타리에서 쫓아낼 태세였다. 왜냐하면 우리가 다 알다시피 교장 선생님은 빈민구제협회의 회장단에 속한 분으로 길거리 구걸을 방지할 임무를 띠고 있었기 때문이다. 나는 교장 선생님을 말렸다.

"이런 사람들은 우리가 도와주고 있어요. 우리가 먹을 것을 대주고 있다 이 말입니다." 교장 선생님은 열을 내서 말했다. "그런데도 이렇게 길거리에까지 나와서 구걸을 한다면, 이건 완전히 철면피 짓입니다."

"존경하는 교장 선생님."

나는 어떻게든 그의 마음을 진정시키려 했다. 그는 막무가내로 나를 숲 언저리로 끌고 가려 했다. "존경하는 교장 선생님." 나는 애원했다. "이야기를 하나 해드려야 할 것 같군요."

"지금 이 마당에요?"

그는 악의에 찬 눈길로 물었다.

나는 진지하게 말했다.

"예, 지금 당장이요. 우리가 방금 본 장면을 교장 선생님이 잊기 전에요."

지난 번 이야기를 들려준 뒤로 교장 선생님은 나를 믿지 않는 눈치였다. 그의 얼굴에서 그것을 읽고 나는 좀 달래보려 이렇게 말했다.

"이번엔 하느님 이야기가 아닙니다. 정말 아니에요. 하느님은 이번 이야기에는 나오지 않아요. 역사 이야기입니다."

이 말로 내가 이겼다. '역사'라는 말만 들어도 선생님들은 누구나 귀가 활짝 열리기 때문이다. 역사란 뭔가 아주 존경스러운 것이고, 사심이 없는 것이자, 교육적으로 도움이 될 만한 것이니까. 나는 교장 선생님이 다시 안경알을 닦는 것을 보았다. 그것은 모든 시력이 귀로 넘어갔다는 표시였다. 그리고 나는 이 절호의 기회를 잘 이용할 줄 알았다. 나는 이야기를 시작했다.

"피렌체에서 있었던 이야기입니다. 로렌초 데 메디치10)는 아직 젊은 나이여서 권력에는 오르지 않은 상태였지만 「바커스와 아리아드네의 승리」라는 시를 써서 이미 집집 정원마다 이 시가 울려 퍼졌죠. 그땐 살아 있는 노래의 시절이었죠. 시인의 어두운 가슴속에서 노래들은 솟아나와 남자들의 목소리 속으로 들어가 마치 은빛 나룻배를 타듯 목소리를 타고 미지의 세계 속으로 아무 두려움 없이 넘어가곤 했지요.

---

10) 로렌초 데 메디치(1449-1492). 피렌체의 통치가. 정치가이자 시인, 철학자. 예술을 사랑했음.

시인이 노래를 하나 시작하면 그 노래를 알고 있는 모든 사람들이 노래를 완성시켰지요. 「바커스와 아리아드네의 승리」는 그 시절의 대부분의 노래들처럼 생을, 다시 말해 노래하는 밝은 현들과 이것들의 어두운 배경 즉 물결치는 피로 이루어진 우리의 이 바이올린을 찬양하는 노래였어요. 길이가 같지 않은 연들은 황홀한 기쁨을 향해 한껏 치솟다가, 너무 숨이 가빠지면 그때마다 짤막하고 소박한 후렴구가 나타나곤 했는데, 이 후렴구는 아찔한 꼭대기에서 내려오며 깊은 골짜기가 두려워 눈을 질끈 감은 것처럼 보였죠. 이를테면 다음과 같습니다.

> 청춘은 아름다워라, 우리를 기쁘게 하니,
> 허나 어찌 간직하리? 청춘은 가며 후회하니,
> 그러니 누구든 즐기려거든 오늘 즐겨라,
> 내일이 되면 어찌 될는지 누가 알리오

이런 노래를 부르던 사람들이 때를 놓치지 않고 서둘러 모든 이승의 즐거움을 바로 이 오늘 위에다, 즉 우리가 믿고서 무언가를 쌓아 올릴 수 있는 유일한 바위인 바로 이 오늘 위에다 탑처럼 쌓아올리려 했던 것이 뭐가 이상하겠습니까? 그러므로 피렌체 화가들의 그림에서 수많은 인물들이 운집

하여 있는 장면이 이해되지요. 피렌체 화가들이 모든 귀족들과 부인들 그리고 친구들을 한폭의 그림에 그려 넣으려한 까닭은 그림을 그리는 작업은 시간이 많이 걸리는 일이라서 다음 그림을 그리게 될 때까지 그 모든 사람들이 지금처럼 다 젊고 발랄하고 상냥할지 알 도리가 없었기 때문이죠.

이런 조급한 마음을 가장 확실하게 표현한 사람들은 물론 젊은이였죠. 그 중에서도 가장 빛나는 젊은이들이 만찬을 마치고서 스트로치가 궁전 테라스에 함께 앉아 곧이어 산타 크로체 교회 앞에서 열릴 공연에 대해 이야기를 하고 있었죠. 좀 떨어진 곳의 발코니에는 팔라 데글리 알비지가 친구인 화가 토마소와 서 있었지요. 둘은 뭔가를 놓고 점점 열을 내며 논쟁중인 듯했지요. 토마소가 갑자기 소리를 질렀어요.

'넌 절대 그렇게 못해. 내기를 하지. 넌 그렇게 못한다고!'
이제 다른 사람들도 관심을 갖게 되었죠.
'왜들 그래?'
가에타노 스트로치가 친구 몇 명과 다가가며 물었어요.
토마소가 사정을 이야기했어요.
'팔라가 그러는데, 자기는 이번 축제에서 자존심 센 베아트리체 알티치에리 앞에 무릎을 꿇고 그녀의 먼지투성이 옷

자락에 키스하게 해달라고 빌 거라는 거야.'

모두들 웃었지요. 그리고 리카르디 가문의 리오나르도가 말했어요.

'팔라는 다시 생각해보는 게 좋을 걸. 어여쁜 여자들이 그를 향해 짓는 미소가 평소에 이 여자들이 짓는 미소가 아니라는 것쯤은 잘 알 텐데 말이야.'

그러자 또 다른 친구가 덧붙였어요.

'베아트리체는 아직 어려. 그래서 그녀의 입술은 미소를 짓기에는 아직 어린애같이 너무 굳어 있다고. 그러다 보니까 그렇게 자존심이 세어 보이는 거야.'

'아냐.' 팔라 데글리 알비지가 격하게 소리쳤지요. '그녀는 자존심이 원래 센 거야. 그게 젊음 탓은 아니야. 그녀는 미켈란젤로의 손에 들린 대리석만큼이나 자존심이 세고, 성모 마리아 초상화 속의 꽃처럼 자존심이 세고, 다이아몬드 위로 쏟아지는 햇살처럼 자존심이 세다고.'

가에타노 스트로치가 좀 엄격한 말투로 그의 말을 끊었어요.

'팔라, 이 친구야, 넌 자존심도 없어? 네가 말하는 투를 보니 꼭 넌 말이야, 저녁예배 시간에 산티시마 아눈지아타 성당 마당에서 거지들 틈에 끼어 서 있다가 베아트리체 알티치에리가 얼굴을 옆으로 돌린 채 건네주는 동전 한 닢을

받으려는 인간 같아.'

'난 그렇게라도 할 거라고!'

팔라는 눈을 반짝이며 소리쳤어요. 그러고는 친구들을 옆으로 밀치고는 계단을 뛰어 내려가 사라졌어요.

타마소가 그의 뒤를 따라가려고 했지요. '내버려둬.' 스트로치가 그를 말렸어요. '혼자 있게 내버려둬. 그래야 정신이 금방 돌아오지.'

이윽고 젊은이들은 정원으로 흩어졌어요.

그날 저녁에도 산티시마 아눈지아타 성당 앞마당에는 스무 명 남짓한 남녀 거지들이 저녁예배 시간이 되기만을 기다리고 있었어요. 베아트리체는 이들의 이름을 하나하나 꿰고 있었으며 가끔은 성 니콜로 성문 근처에 있는, 이들의 다 쓰러져 가는 집으로 아이들이나 병든 사람을 직접 찾아가 이들에게 일일이 작은 동전을 한 닢씩 주곤 했지요. 오늘은 그녀가 좀 늦는 듯했어요. 교회의 종소리는 이미 울렸어요. 종소리의 실타래만이 어스름에 젖은 탑에 아직 매달려 있을 뿐이었죠. 거지들은 웅성대기 시작했어요. 게다가 얼굴도 생판 모르는 새 거지 하나가 성당 문앞의 어둠 속으로 슬쩍 끼어들어와 있었기 때문이죠. 그래서 그들은 질투가 나서 이 새 거지를 막 밖으로 내몰 참이었어요. 그때 한 젊은 처녀가 거의 수녀처럼 검은 옷을 입고 앞마당에 나타나 착한 마음

씨를 베푸느라 시간을 지체했어요. 그녀는 한 사람 한 사람 돌아가며 그녀의 뒤를 따르는 여자들 중 하나가 열어놓은 채로 들고 있는 지갑에서 동전을 한 닢씩 건네주었어요. 거지들은 털썩 무릎을 꿇으며 훌쩍였어요. 그러면서 앙상한 손가락으로 자신들에게 은혜를 베풀어주는 처녀의 소박한 옷의 한쪽 자락을 잠시 붙잡으려 하거나, 더듬대는 축축한 입술로 그녀의 옷의 끝자락에 키스를 했어요. 순서는 다 끝났어요. 베아트리체가 잘 알고 있는 거지들 중 빠진 사람은 없었어요. 그러나 바로 그때 그녀는 성당 대문의 그림자 속에 누더기를 입은 채 서 있는 낯선 거지를 보고 깜짝 놀랐어요. 그녀는 혼란스러웠어요. 모든 거지들을 아주 어렸을 때부터 잘 알았기 때문에 그들에게 동냥을 주는 것은 그녀에겐 성당 문앞마다 서 있는 성수반에 손가락을 담그는 것만큼이나 당연한 일이었지요. 이처럼 얼굴을 모르는 거지가 있을 줄은 꿈에도 생각 못했죠. 어떤 방식을 통해서든 이들이 가난하다는 것을 충분히 확인도 하지 않은 상태에서 이런 사람들에게도 동냥을 줄 권한이 어찌 있단 말인가? 얼굴도 모르는 사람에게 동냥을 주는 것은 말도 안 되는 월권행위가 아닐까? 그래서 마음속에서 이는 어두운 감정들의 갈등을 느끼며 처녀는 그 거지를 못 본 체하며 그냥 지나쳐 서둘러 서늘하고 높은 성당 안으로 들어갔어요. 그러나 안에 들어와 예배가 시작되었지만 그녀는 기도가 하나도 기억나지 않았어요. 그녀는 겁이 더럭 났어요. 저녁 예배가 끝나고 나서 그 불쌍한 남자가 대문 아래서 사라지고 없으면 어떻게 하나, 밤이 이렇게 가까이 다가왔는데도 그 사람의 고통을 아무것도 덜어주지 못했는데, 밤이 되면 모든 가난은 더욱 서글퍼지고 어디 의지할 곳도 없어질 텐데. 그녀는 함께 온 여자들 중 지갑을 들고 있던 여자에게 신호를 보내 그녀와 함께 출구 쪽으로 돌아갔어요. 출구 쪽은 텅 비어 있었지만, 아까 그 낯선 남자는 기둥에 기댄 채 그곳에 여전히 그대로 서 있었어요. 마치 하늘나라에서 들려오듯 성당에서 들려오는 이상하게 먼 찬송가 소리에 귀를 기울이고 있는 듯했지요. 그의 얼굴은 문둥이들처럼 거의 완전히 가려 있었어요. 문둥이들은 상대가 자기들에게 다가와 진정 자기들을 위하는 마음에서 역겨움마저도 사랑스레 대하려 한다는 확신이 들기 전에는 끔찍한 상처를 드러내 보이지 않지요. 베아트리체는 망설였어요. 손에는 조그만 지갑을 들고 있었지요. 지갑 안에는 동전 몇 닢밖에 느껴지지 않았어요. 그러나 순간 결심을 하고서 그녀는 거지에게 다가가 주저하면서도 어딘가 모르게 노래를 하는 듯한 목소리로 자꾸만 도망치려 하는 눈길을 자기 손에서 떼지 못한 채 이렇게 말했어요.

'당신의 마음을 아프게 하려는 게 아니에요… 제 생각에 당신을 알 것 같아요. 당신한테 빚진 게 있어요. 당신의 부친께서는 우리 집에 있는 멋진 난간을 만드셨어요. 쇠를 잘 다루어서, 당신도 아시겠지만 우리 집 계단을 멋진 난간으로 장식해주셨어요. 그러던 어느 날—사람들이 당신의 부친께서 작업을 하곤 하던 방에서—지갑을 하나 발견했어요—제 생각에는—부친께서 잃어버리신 것 같아요—분명해요.'

그러나 그녀의 입술을 통해 나온 이 엉터리 거짓말은 낯선 거지 앞에 그녀를 무릎 꿇게 만들었어요. 그녀는 금란으로 짠 지갑을 외투 속에 감춘 그의 손에 놓아주며 더듬거렸어요.

'죄송합니다.'

거지가 떨고 있는 게 느껴졌지요. 이어 베아트리체는 깜짝 놀라 어쩔 줄 모르고 있는 하녀를 데리고 다시 교회로 들어갔어요. 잠시 열려져 있던 문틈으로 여러 목소리가 질러대는 짧은 환호성이 들려왔어요.

이야기는 이걸로 끝입니다. 메서 팔라 데글리 알비지는 누더기 차림으로 그냥 그 자리에 서 있었지요. 그는 자신의 전 재산을 남들에게 나누어주고 가난한 모습으로 맨발로 시골로 갔지요. 전해 내려오는 말로 이후 수비아코[11] 근처에

---

11) 로마 근교에 위치. 사크로 스페코 수도원에 보존되어 있는 가장 오래된

서 살았다고 하더군요."

"다 옛날 얘기군요, 옛날 얘기라고!" 교장 선생님이 말했다. "그게 어쨌다는 거요? 그렇게 해서 고작 방탕아가 된 거죠. 그런 사건을 겪고서 고작 부랑자나 괴짜가 된 거죠. 오늘날 그런 사람을 누가 기억이나 하겠소."

"그렇지 않습니다." 나는 겸손하게 대답했다. "그의 이름은 가끔 가톨릭교회에서 대연도 기도회 때 청원을 들어줄 성자의 이름으로 나오지요. 그는 성자가 되었으니까요."

아이들도 이 이야기를 들었다. 아이들은, 교장 선생님의 부아를 질러가며, 이 이야기에도 하느님이 나온다고 주장했다. 나 역시 그 이야기를 듣고 조금은 놀랐다. 교장 선생님한테 이번엔 하느님이 나오지 않는 이야기를 들려주겠다고 약속했던 터였기 때문이다. 하지만 아이들이 알아차리는 것은 당연한 일 아닌가.

성 프란체스코 초상이 유명함.

열셋

어둠에게 들려준 이야기

나는 외투를 걸치고 나의 친구 에발트에게 갈 참이었다.
그러나 책을 읽느라, 아주 오래된 책을 읽느라 깜박하고 말
았다. 그러는 사이에 러시아에 봄이 찾아오듯이 어느새 저
녁이 되어 있었다. 조금 전까지만 해도 방 안은 가장 깊은
구석까지도 환했었다. 그런데 지금에 와서는 모든 사물들이
아까 전부터 어스름 외엔 아무것도 알지 못했었다는 투였다.
곳곳에 커다란 어두운 꽃들이 피어났고, 잠자리 날개 위로
미끄러지듯 은은한 빛이 벨벳 꽃받침 위로 미끄러졌다.

　몸이 불편한 그 친구는 이젠 창가에 앉아 있지 않을 게
분명했다. 그래서 나는 집에 그냥 머물렀다. 그런데 그 친구
한테 무슨 이야기를 들려주려고 했었지? 아무런 기억이 나

지 않았다. 그러나 잠시 후 누군가가 내게 이 잃어버린 이야기를 들려달라고 조르는 듯한 느낌이 들었다. 어쩌면 멀리 자기 방의 창가에 서 있는 어느 외로운 사람이 그러는 건지, 아니면 나와 그와 사물들을 감싸고 있는 이 어둠이 그러는 건지 모른다. 그래서 나는 어둠에게 이야기를 들려주기로 했다. 그러자 어둠은 내게 더욱 가까이 몸을 기대어왔다. 때문에 나는 내 이야기의 분위기에 딱맞게 더욱 낮은 목소리로 이야기를 들려주어도 되었다. 그건 그렇고 내 이야기의 시점은 현재이다. 이야기는 이렇게 시작된다.

"게오르크 라스만 박사는 오랫동안 떠나 있던 협소한 고향으로 돌아오는 길이었다. 그곳에 남아 있는 게 많은 것도 아니었다. 지금은 고향에 누나 둘만이 살고 있을 뿐이었다. 둘 다 결혼을 했는데 아마도 결혼을 잘한 모양이었다. 십이 년 만에 이 두 누나와 재회하는 것이 이번 방문의 목적이었다. 그 스스로 그렇게 생각했다. 그러나 밤에 초만원 기차에서 잠을 못 이루던 중 분명하게 떠올랐다. 사실 그는 자신의 어린 시절 때문에 가는 것이며 옛 거리에서 뭔가를 다시 찾고 싶었다. 이를테면 어느 집 대문이나 어느 탑, 어느 분수 같은 것들로, 옛 기억으로 그를 슬프게 혹은 기쁘게 하여 그 자신을 되찾아줄 것들을 말이다. 그래, 사람은 살면서 이런

저런 것을 잃는 모양이다. 그때 그의 머릿속에 여러 가지 것들이 떠올랐다. 하인리히 거리에 있던 조그만 집, 반짝이던 문고리, 검은 칠을 한 거실마룻장, 손질이 잘 된 가구들 그리고 그의 부모, 닳고닳은 그 두 분, 가구 옆에 존경어린 표정으로 서 있던 두 분, 정신없이 바쁘게 돌아가던 평일들과 가구를 비어버린 방 같던 주일들, 웃거나 당황하며 맞곤 하던 이따금씩 찾아오던 방문객들, 조율이 되어 있지 않던 피아노, 늙은 카나리아 새, 아무도 앉지 못했던 조상 대대로 내려오던 팔걸이의자, 영명축일, 함부르크 출신의 삼촌, 인형극, 손풍금, 아이들 파티, '클라라'라고 불렸던 어떤 여자아이.

박사는 깜박 잠이 들 뻔했다. 어느 역에 와 있었다. 불빛들이 스치고 지나갔다. 그리고 귀를 기울여가며 바퀴를 두드리는 망치소리가 울렸다. 그 소리는 마치 클라라, 클라라 하는 것 같았다. 박사는 이제 완전히 깨어나 생각했다, 클라라가 누구였지? 그 즉시 어떤 얼굴 하나가 느껴졌다. 금발의 매끄러운 머리를 한 어느 아이의 얼굴이었다. 자세히 묘사하지는 못하겠지만, 뭔가 조용하고, 측은하고, 헌신적인 느낌, 색이 바랜 옷 때문에 더욱 움츠러든 어린아이의 좁은 두 어깨의 느낌은 갖고 있었다. 그는 이런 것들과 어울릴 만한 얼굴을 마음속으로 그려보기 시작했다. 그때 그는 상상할 필요가 없음을 깨닫는다. 그 얼굴은 이미 와 있다. 아니, 그 얼굴은 있었다—당시에. 이렇게 해서 라스만 박사는 옛날에 유일한 소꿉동무였던 클라라를 간신히 기억해냈다. 열 살쯤에 기숙학교에 들어갈 때까지 그는 무슨 일이든 그녀와 함께 했다. 대개 대수롭지 않은 일이었지만(아니, 대단한 일이었던가?) 클라라에겐 형제자매가 없었다. 그리고 그 역시 형제자매가 없는 거나 마찬가지였다. 그의 손위 누나들은 그에 대해서는 전혀 신경을 쓰지 않았기 때문이다. 그러나 그 이후로 그는 아무한테도 그녀의 안부를 물은 적이 없었다. 어찌 그럴 수 있었을까? 그는 의자 등받이에 몸을 기댔다. 그녀는 믿음이 깊은 아이였었지, 그는 그 기억을 떠올렸다. 이어 그는 이렇게 물었다. 그녀는 어떻게 되었을까? 문득 그녀가 죽었으면 어쩌나 하는 생각에 겁이 더럭 났다. 비좁은 칸막이 객실에 앉아 있는 그를 이런 불안감이 뒤덮었다. 게다가 여러 가지 정황이 이런 가정을 뒷받침해주는 듯했다. 그 아이는 병약한 데다가 집안도 넉넉지 못했고 자주 울었다. 그래, 그녀는 죽은 게 틀림없어. 박사는 더는 참기가 힘들었다. 그는 잠들어 있는 몇몇 승객에게 피해를 끼치면서 이들 사이를 헤치고 차량의 복도로 나갔다. 거기서 그는 차창을 열고 불빛들이 춤추는 어둠 속을 응시했다. 그러자 마음이 좀 가라앉았다. 조금 있다 다시 칸막이 객실로 돌아온 그는 자리가 불편했음에도 금세 잠이 들었다.

결혼한 두 누나와의 재회는 어쭙잖게 이루어졌다. 피를 나눈 사이이긴 했지만 세 사람은 그 동안 서로 멀리 떨어져 있었다는 사실을 망각하고 잠시 서로 남매처럼 대하려 해보았다. 그러다가 암묵 중에 그냥 예의를 갖추어 중간 거리를 취하는 쪽으로 합의를 보았다. 보통 사교에서 난감할 때는 이런 방식이 최고니까.

둘째 누나 집에서의 일이었다. 남편은 사회적으로 아주 훌륭한 위치에 있었다. 황제고문관의 칭호를 가진 기업가였다. 만찬의 네 번째 코스가 끝났을 때 박사가 물었다.

'그런데 소피, 클라라는 어떻게 됐지?'

'어떤 클라라?'

'성은 기억이 안 나. 그 조그만 애 있잖아. 우리 옆집에 살던. 어릴 때 나하고 소꿉놀이하고 그랬는데?'

'아, 그래, 클라라 쵤르너 말하는 거구나?'

'쵤르너, 맞아, 쵤르너. 이제야 기억났다. 그 늙은 쵤르너는 아주 못된 노인네였지. 아무튼 클라라는 어떻게 됐지?'

누나는 잠시 망설였다.

'결혼은 했는데 지금은 사람들과 완전히 인연을 끊고 살아.'

'맞아.' 고문관이 말했다. 그의 나이프가 접시 위에서 미

끄러지며 새된 소리를 냈다. '완전히 인연을 끊고 살지.'

'자형도 그녀를 아세요?'

박사는 자형을 바라보았다.

'으응, 그냥, 대충. 그 여자는 이곳에선 상당히 유명하거든.'

남편과 아내는 서로 모종의 신호를 주고받았다. 박사는 그 이야기를 그들이 꺼려한다는 것을 알아채고 더는 묻지 않았다.

그 집의 여주인이 두 남자에게 블랙커피를 따라주고 자리를 비우자 고문관 나리는 이 테마에 더 큰 관심을 보였다. '클라라라는 여자 말이야.' 그는 음흉한 미소를 지으며 문더니 물고 있는 시가에서 은재털이에 떨어진 재를 바라보았다.

'그 여자가 그렇게 조용하고 못생긴 여자였다며?'

박사는 아무 말도 하지 않았다. 고문관 나리는 은근하게 더 가까이 다가오며 말했다.

'정말 대단한 얘깃거리였다고! 그 이야기 정말 못 들었나?'

'그런 이야기를 할 상대가 없었으니까요.'

'아니, 이야기를 할 상대가 없었다고?' 고문관은 살짝 미소를 지었다. '그 이야기는 신문에서 얼마든지 읽을 수 있었다니까.'

'뭐라고요?'

박사는 민감한 투로 물었다.

'그래, 그 여자가 남편을 버리고 도망친 거야.'

짙은 담배 연기를 뿜어대며 그 기업가는 이런 놀라운 말을 좌중에 던져놓고는 아주 느긋하게 반응을 살폈다. 그러나 반응이 별로 마음에 안 들었는지 이번엔 사업하는 사람의 표정을 지으며 자세를 똑바로 갖추고서 지금까지와는 다른 보고 투의 어조로 좀 기분이 상한 듯 말을 시작했다. '흠. 그 여자는 건축 감독관인 레어 씨에게 시집을 갔지. 자넨 그 사람을 모르겠군. 늙은 사람도 아니었어. 내 연배였으니까. 게다가 부자였고, 행실이 아주 바른 사람이었어. 아주 곧은 사람이었다고. 반면에 그 여자는 돈도 한 푼 없고 게다가 얼굴이 예쁘지도 않고 교육도 못 받고, 기타 등등. 그런데 건축 감독관은 대단한 여자를 원한 게 아니라 그냥 참한 가정주부를 원했던 거지. 반면에 클라라라는 여자는 사교 모임 곳곳에 불려 다녔지. 어디를 가도 극진한 대접을 받은 거야. —정말로—그렇게 해줬지—자네도 알겠지만, 그 여자는 자기 입지를 굳히려면 얼마든지 쉽게 굳혔을 거야—그런데 그 클라라라는 여자는 말이야, 어느 날—결혼한 지 이 년도 안 되었을 때, 도망쳐버린 거야. 도대체 그럴 수가 있어? 도망쳤다니까. 어디로 갔느냐고? 이탈리아로 갔지. 바람이 나

서 도망간 거야. 물론 혼자는 아니었지. 그런 일이 있었던
그 해 내내 우리는 그 부부를 한 번도 초대하지 않았어. 뭔
가 선견지명이 있었던 거야! 그런데 그 건축 감독관, 나의
좋은 친구인 그 사람은, 그 성실한 사람은 말일세, 그 사람
은 말이야…'

'그러면 클라라는요?'

박사는 그의 말을 끊으며 자리에서 벌떡 일어섰다.

'아 그 여자. 그래, 그 여자는 하늘이 내린 벌을 받았지.
함께 도망쳤던 그 사내는—예술가라고 하던데, 아마—형
편없는 녀석인가 본데, 당연한 이야기지만—이탈리아에서
돌아오자마자, 뮌헨에 와서 말이야. 굿바이 했다는 거야. 그
러고는 종적을 감추어버렸지. 지금 그 여자는 아이를 데리
고 뮌헨에서 살고 있지.'

라스만 박사는 어쩔 줄 모르고 이리저리 서성거렸다.

'뮌헨이라고 하셨나요?'

'그래, 뮌헨.' 고문관은 그렇게 대답하고서 자기도 자리에
서 일어났다. '사람들 말로 아주 비참하게 살고 있다더군.'

'비참하다니요?'

'글쎄.' 고문관은 자신의 시가를 바라보았다. '경제적으로
도 문제이지만, 그밖에도 살아가는 꼴이 그렇다는 거지.'

그러더니 그는 갑자기 자신의 단정한 손을 처남의 어깨

위에 올려놓았다. 그의 목소리는 기분이 좋아 끼룩거렸다.

'그리고 사람들이 그러는데 말이야, 그녀가 뭘 해서 먹고 사는지…'

박사는 몸을 홱 돌려 문 밖으로 나가버렸다. 고문관 나리는 처남의 어깨에서 손이 떨어진 채 한 십 분 간 어안이 벙벙해져 있었다. 그러더니 자기 아내가 있는 방으로 들어가 화를 내며 말했다.

'내가 늘 그랬지. 당신 동생 녀석은 괴짜라고 말이야.'

그의 아내는 막 졸고 있다가 깨어 게으르게 하품을 하며 말했다.

'그러게 누가 뭐라 그래요.'

그로부터 보름 뒤 박사는 그곳을 떴다. 그의 어린 시절은 다른 곳에서 찾아야 한다는 것을 문득 깨달았기 때문이다. 뮌헨에 도착한 그는 전화번호부에서 다음 것을 찾았다. 클라라 죌르너, 슈바빙, 거리와 번지수까지. 그는 자신의 방문을 알리고 그녀가 사는 교외로 출발했다. 어느 날씬한 여자가 인사를 하며 빛으로 넘쳐나고 호의로 가득찬 방으로 그를 안내했다.

'게오르크, 날 기억하죠?'

박사는 놀라서 잠시 멍하니 서 있었다. 마침내 그가 말했다.

'그러니까 바로 당신이 클라라인가요.'

그녀는 반듯한 이마에 차분한 얼굴을 한동안 가만히 듣고 있었다. 마치 그에게 자신을 알아볼 시간을 주려는 듯했다. 꽤 오래 그러고 있었다. 마침내 박사는 자기 앞에 서 있는 여자가 정말로 자신의 옛 소꿉친구라는 것을 증명해줄 만한 뭔가를 찾아낸 듯했다. 그는 다시 한 번 그녀의 손을 찾아 악수를 했다. 그런 다음 천천히 손을 놓아주고 방안을 휘둘러보았다. 방에는 불필요한 것이라고는 하나도 없어 보였다. 창가에는 종이와 책들이 놓여 있는 책상이 있었다. 클라라가 방금 전까지 앉아 있었던 모양이다. 의자가 뒤로 밀쳐져 있었다.

'뭔가 쓰고 있었나 보군요?'

… 박사는 이게 얼마나 바보 같은 질문인지 잘 알았다. 그러나 클라라는 전혀 개의치 않고 대답했다.

'예, 번역을 하는 중이에요.'

'출판할 건가요?'

'예.' 클라라는 간단히 말했다. '어느 출판사에다 낼 거예요.'

게오르크는 여기저기 벽면에서 이탈리아 사진 몇 점을 발견했다. 그 중에는 지오르지오네[12]의 <음악회>도 있었다.

---

12) 지오르지오네(1477/78-1510). 이탈리아 화가. 카스텔프랑코 출생. 베네

'이 그림을 좋아하시나요?'

그는 그림 쪽으로 다가갔다.

'당신은요?'

'나는 원본을 본 적은 없어요. 피렌체에 있죠?'

'피티 궁전 전시실에요. 한번 꼭 가보세요.'

'이것 때문에요?'

'이것 때문에요.'

그녀에겐 어딘가 모르게 자유롭고 소박하고 쾌활한 면이 있었다. 박사는 생각에 잠긴 듯했다.

'왜 그래요, 게오르크? 자리에 앉지 그래요?'

'미안해요.' 그가 머뭇대며 말했다. '사실 내 생각으로 는… 그런데 당신은 전혀 비참한 모습이 아니군요.'

클라라는 미소를 지었다.

'어디서 내 이야기를 들었나 보군요?'

'예, 그러니까 말이죠…'

'오.' 클라라는 그의 이마에 그늘이 지는 것을 보고 얼른 그의 말을 끊었다. '그 일에 대해 다르게 말하는 것도 사람들 잘못만은 아니에요. 우리가 겪는 일들은 사실 제대로 표현하기 힘들 때가 많아요. 그러니 그것을 다시 이야기로 옮기는 사람은 오류를 범하기 마련이죠…'

치아화파의 대표적인 화가이다.

(사이)

이번엔 박사가 말했다.

'무엇이 당신을 그렇게 호의적으로 만들었지요?'

'모든 것이요.' 그녀가 나직하고 따스하게 말했다. '그런데 왜 당신은 <호의>라는 말을 쓰시죠?'

'왜냐하면, 왜냐하면 당신은 원래 단호해졌어야 하니까요. 당신은 병약하고 힘없는 아이였으니까요. 그런 아이들은 나중에 가서 단호해지거나 아니면…'

'아니면, 죽는다고 말하려 하셨죠. 그래요, 난 죽었어요. 오, 벌써 여러 해 동안 죽어 있어요. 당신을 마지막으로 본 뒤로요. 집에서. 그 뒤로…' 그녀는 책상에 있던 무언가를 집어서 보여주었다. '여기 좀 보세요, 이게 그 사람 사진이에요. 그 사람 사진치고는 좀 잘 나왔죠. 그 사람 얼굴은 이렇게 윤곽이 뚜렷하지 않아요. 인상이 좋아 보이고 소박한 편이죠. 조금 있다가 우리 아이를 보여드릴게요. 지금 옆방에서 자고 있어요. 사내아이인데 이름은 그 사람처럼 안젤로라고 해요. 그 사람은 지금 이곳에 없어요. 멀리 여행을 떠났어요.'

'그럼 지금 혼자 있는 건가요?'

박사는 여전히 사진을 들여다보며 건성으로 물었다.

'그래요, 나하고 아이뿐이죠. 그거면 되지 않나요? 어떻게 그리 됐는지 말씀드릴게요. 안젤로는 화가예요. 그의 이름은 별로 알려지지 않았죠. 어쩌면 한 번도 못 들어봤을 거예요. 얼마 전까지 그 사람은 세상과 자신의 계획과 자기 자신과 그리고 나와 싸웠어요. 그래요, 나하고도 싸웠어요. 일 년 전부터 내가 그 사람한테 여행을 떠나라고 권해왔거든요. 그 사람한테 그게 절실히 필요하다는 걸 느꼈거든요. 한 번은 그 이가 농담조로 이렇게 말하더군요. <나야? 아니면 아이야?> 그래서 나는 <아이요.>라고 말해주었죠. 그랬더니 그는 떠났어요.'

'그러면 남편 분은 언제 돌아오죠?'

'아이가 자기 이름을 말할 줄 알 때까지로 합의를 보았어요.'

박사는 무슨 말인가 하려 했다. 그러나 클라라는 웃으며 말했다.

'아이 이름이 좀 어렵기 때문에 아마 좀 걸릴 거예요. 안젤리노는 이번 여름에야 두 살이 되거든요.'

'참, 희한하군요.'

박사가 말했다.

'뭐가요, 게오르크?'

'당신은 참으로 인생을 잘 알고 있으니까요. 이렇게 멋지게 컸으니 말이오. 젊고요. 당신은 대체 당신의 어린 시절을 어디다 치워버렸죠? 우린 둘 다 무기력하기 짝이 없는 아이였잖아요. 그건 어떻게 바꾸지도 못하고 또 안 일어난 걸로 하지도 못하는 거지요.'

'그렇다면 당신 말씀은 우리가 어린 시절을 제대로 겪어냈어야 마땅하다는 건가요?'

'예, 바로 그겁니다. 우리의 뒤에 남아 있는 이 묵직한 어둠을 말이죠. 우리가 너무나 약하고 너무나 희미한 관계만 갖고 있는 이 묵직한 어둠을 제대로 겪어내야 한다는 거죠. 언젠가 때가 되어 우리는 이 어둠 속에다 우리의 첫 작품들을, 우리의 모든 시작을, 우리의 모든 신뢰를, 앞으로 뭔가로 자라날 모든 것의 싹을 집어넣은 거지요. 그러던 어느 날, 우리는 문득 깨닫게 되지요. 그 모든 것이 어느 깊은 바다 속으로 가라앉아 버렸지만 그게 언제였는지 모른다는 거죠. 우리는 그걸 전혀 눈치 채지 못한 겁니다. 이건 마치 누군가 자기가 가진 돈을 모두 투자해서 그걸로 깃털 하나를 사서 모자에 꽂고 다니는데, 금세 바람이 획 불어 낚아채 가버리는 거나 똑같죠. 깃털을 잃은 것도 모르는 채 집에 온 그는 나중에 가서 대체 어디서 날아가 버렸을까 하고 고민이나 하는 수밖에 다른 방법이 없지요.'

'그러면 당신은 그 생각을 하는 건가요, 게오르크?'

'이제는 안 해요. 포기했지요. 열 살 되던 해 언젠가, 그러니까 내가 기도하는 걸 그만둔 그 시점부터 내 인생이 시작된 걸로 봐요. 그 이전의 것은 내 것이 아니지요.'

'그러면 어떻게 나를 기억하셨죠?'

'바로 그래서 당신을 찾아온 거죠. 당신이 그 시절의 유일한 증인이니까요. 내게서 찾아낼 수 없는 것을 혹시 당신에게서 찾을 수 있지 않을까 생각했던 거죠. 어떤 제스처나, 어떤 한마디 말, 뭔가를 연상시켜줄 어떤 이름, 뭔가를 깨우쳐줄 만한 그 무엇 말입니다.'

박사는 어쩔 줄 모르는 차가운 두 손에 얼굴을 묻었다.

클라라 부인은 곰곰이 생각했다.

'나의 어린 시절에서 기억나는 것은 거의 없어요. 그 사이에 천 번의 생을 산 것처럼 말이에요. 그래도 당신이 이렇게 상기시키니까 생각나는 게 있네요. 어느 날 저녁이었죠. 당신은 우리 집에 찾아왔어요. 느닷없이요. 당신의 부모님은 외출하셨죠. 극장인가 어딘가에. 우리 집은 불을 밝혀놓아 대낮처럼 환했어요. 우리 아버지는 손님을 기다리고 있었어요. 친척이었는데, 내 기억이 맞는다면 상당히 먼 친척으로 부자였어요. 그 손님은 어디더라, 글쎄 어딘지 모르지만 아무튼 먼 곳에서 오는 손님이었어요. 우리 집 식구들은 벌써 두 시간 전부터 그를 기다리고 있었지요. 문이란 문은 다 열어놓았고, 등불은 환하게 켜져 있었고, 엄마는 가끔씩 가서 소파의 커버를 반듯하게 펴곤 했고, 아버지는 창가에 서 있었죠. 아무도 앉을 엄두를 못 냈지요. 의자의 위치를 옮겨놓으면 안 되니까요. 마침 그때 당신이 왔기 때문에 우리는 함께 기다렸죠. 우리 아이들은 문에 기대어 기다렸어요. 시간이 늦어질수록 우리는 더욱 더 멋진 손님이 올 걸로 생각했죠. 혹시 손님이 우리가 생각한 최고로 멋진 모습의 단계에 이르기 전에 오면 어쩌나 하며 떨기도 했죠. 계속해서 오지 않음으로 해서 매 순간 그는 최고로 멋진 단계를 향해 점점 다가가고 있었으니까요. 그가 오지 못할 거라는 두려움은 전혀 없었어요. 그가 올 걸로 확신했지요. 다만 우리는 그가 좀 더 커지고 힘을 더 갖게 되도록 시간을 더 주고 싶었을 뿐이죠.'

갑자기 그때 박사는 머리를 쳐들고서 슬프게 말했다.

'그래요, 손님이 오지 않았다는 것을 우리 둘 다 알고 있어요. 나도 그건 잊지 않았거든요.'

'그래요.' 클라라가 확인해주었다. '그는 오지 않았어요…' 그러더니 잠시 사이를 두었다 말했다. '그래도 정말 멋졌어요!'

'뭐가요?'

'그거 말이에요―기다림, 수많은 등불들, ―고요― 축제일 같은 분위기 말이에요.'

옆방에서 인기척이 났다. 클라라 부인은 잠시 실례하겠다고 말했다. 그녀는 환한 미소를 지으며 돌아와 말했다.

'이제 들어가 봐도 되겠어요. 이제 애가 깨어나 방실방실 웃고 있어요. — 그런데 방금 뭐라고 말씀하시려 했죠?'

'내가 궁금했던 건 말이죠. 당신이 어떻게—자기 자신을 찾았는지, 그토록 차분한 마음 상태에 이르렀는지 그거였어요. 분명 당신 인생이 쉽지 않았을 텐데요. 당신한테는 내게 없는 무언가가 있었던 게 아닐까요?'

'그게 뭘까요, 게오르크?'

클라라는 그의 옆에 와서 앉았다.

'참으로 희한해요. 내가 처음으로 당신 생각이 났을 때, 삼 주 전, 기차를 타고 오던 중에요, 먼저 이게 떠올랐어요. <그 애는 믿음이 깊은 아이였어.> 지금 와서 본 바로는 당신은 내가 생각했던 것과 완전히 다른 모습이긴 하지만— 그래도 이렇게 말하고 싶어요. 아니, 오히려 그렇기 때문에 더 자신 있게 이렇게 말입니다. 그 모든 위험을 뚫고 당신을 인도한 것은 바로 당신의—경건함이라고요.'

'당신이 말하는 경건함이란 뭔가요?'

'말하자면, 하느님을 향한 당신의 관계, 하느님을 향한 당신의 사랑, 당신의 믿음이죠.'

클라라 부인은 눈을 감았다.

'하느님을 향한 사랑이라고요? 잠시 생각 좀 해보고요.'

박사는 그녀를 빤히 쳐다보았다. 그녀는 생각이 떠오르는 대로 표현을 하는 듯이 보였다.

'어렸을 때 내가 하느님을 사랑했던가요? 나는 그렇게 생각하지 않아요. 아니, 나는 아예 생각조차도—그런 생각을 터무니없는 불손으로 여겼을 것 같은데요—아니, 이런 표현은 맞지 않아요—그래요, 큰 죄를 짓는 걸로 생각했어요, 하느님이 존재한다고 생각하는 것을 말이죠. 그렇게 생각한다면 내가 하느님을 이미 내 속에다 억지로 집어넣었다는 거 아닌가요? 우스꽝스럽게 팔만 긴 이 연약한 아이의 가슴속에다요? 마분지로 만든 청동 벽걸이접시로부터 비싼 상표만 떼어 붙인 포도주에 이르기까지 모든 것이 가짜고 거짓이던 빈한하기 짝이 없던 우리 집안에다? 그렇다면 나중에가서—'

클라라 부인은 손사래를 치고는 눈꺼풀 사이로 뭔가 두려운 게 보이기라도 할까봐 두 눈을 더욱 꼭 감았다.

'하느님을 내 가슴에서 내쫓아야 했을 거예요. 만약 하느님이 당시에 내 가슴속에 살았다면요. 그러나 나는 하느님에 대해 아는 게 아무것도 없었어요. 하느님을 완전히 잊고 지냈어요. 모든 것을 다 잊고 지냈으니까요.—피렌체에 가서 비로소 내 인생에서 처음으로 보고 듣고 느끼고 깨닫고 또 모든 것에 대해 감사하는 법까지 배우게 되었을 때, 그때 나는 하느님을 다시 생각하게 되었어요. 어디를 가나 하느님의 흔적이 있었지요. 모든 그림에서 하느님의 미소의 흔적을 보았고, 종소리들은 여전히 하느님의 목소리를 먹고 살았고, 그리고 조각상에서는 하느님이 남긴 손자국을 보았죠.'

'그렇다면 그곳에서 하느님을 찾았나요?'

클라라는 행복한 빛이 어린 큰 눈으로 박사를 바라보았다.

'하느님이 계셨다는 것을 느꼈지요. 언젠가 계셨다는 걸 말이죠. 왜 그 이상의 것을 느껴야 하죠? 그 이상의 것은 사실 불필요한 거예요.'

박사는 자리에서 일어나 창가로 걸어갔다. 한 조각의 들판과 오래된 조그만 슈바빙 교회와 그 위로 이젠 저녁 빛으로 거의 다 물들어버린 하늘이 보였다. 돌연 라스만 박사는 고개도 돌리지 않은 채 물었다.

'그러면 지금은요?'

대답이 돌아오지 않자 그는 조용히 되돌아왔다.

'지금은—'

클라라는 그가 자기 바로 앞에 와서 서자 두 눈을 똑바로 뜨고 그를 올려다보았다.

'지금은 종종 이렇게 생각해요. 하느님은 앞으로 오실 거라고요.'

박사는 그녀의 손을 잡더니 잠시 그렇게 붙잡고 있었다. 그의 시선은 어디를 보는 건지 불분명했다.

'무슨 생각을 하세요, 게오르크?'

'다시 어린 시절의 그 저녁 같다는 생각을 했어요. 당신은 다시 그 놀라운 분을, 하느님을 기다리고 있는 거예요. 그 분이 오시리라는 걸 당신은 알고 있죠—그리고 나도 어쩌다 당신과 합류한 거고요.—'

클라라 부인은 발랄하게 일어났다. 그녀는 아주 젊어 보였다.

'이번에도 우리 함께 기다려볼까요?' 그렇게 말하는 그녀의 표정이 너무 즐겁고 순진해 보여 박사는 미소가 절로 나왔다. 이어 그녀는 그를 아이가 있는 다른 방으로 안내했다. —"

이 이야기 속에는 아이들이 알아서는 안 될 내용은 들어 있지 않다. 다만, 아이들은 이 이야기를 듣지 못했다. 이 이 야기를 나는 어둠에게만 해주고 다른 누구에게도 해주지 않았다. 게다가 아이들은 어둠을 무서워해서 어둠으로부터 도 망치고, 혹시라도 어둠 속에 있어야 할 때면 두 눈을 꼭 감고 두 귀를 막아버린다. 그래도 언젠가 아이들도 어둠을 좋아하게 될 때가 오리라. 그때가 되면 아이들은 어둠에게서 내 이야기를 전해 듣고 이 이야기를 더 잘 이해하겠지.

릴케 연보(年譜)

1875년 12월 4일 아버지 요제프 릴케(1838-1906)와 어머니 조피(일명 피아; 친정성은 엔츠)(1851-1931) 사이에서 당시 오스트리아-헝가리 제국의 지배 아래 있던 체코의 프라하에서 태어나다. 12월 19일 성 하인리히 교회에서 르네 카를 빌헬름 요한 요제프 마리아 릴케라는 세례명을 받다.

1882년-1884년 프라하 가톨릭 재단의 피아리스트 수도회(1607년 설립)에서 운영하는 독일계 초등학교에 다니다. 부모의 이혼(1884년) 후에 어머니에 의해 양육되다.

1886년 9월 1일에 국가장학생으로 장크트 푈텐 육군 유년학교에 입학하다. 이때 처음으로 시를 쓰기 시작하다.

1890년 육군유년학교를 마친 뒤에 메리쉬-바이스키르헨 육군고등실업학교로 진학하다.

1891년 6월, 허약한 몸 때문에 육군고등실업학교를 그만두고, 3년 과정의 린츠 상과학교에 들어가다. 다음해에 여기도 역시 그만두다.

1892년 5월, 주위로부터 법학을 공부하라는 권유를 받고 가을부터 프라하에서 대학입학 자격을 취득하기 위해서 혼자서 공부하다.

1893년 이종사촌 누나인 기젤라의 소개로 발레리 폰 다핏-론펠트(일명 발리)라는 소녀와 사귀며 첫사랑을 체험하다(1893-1895).

1894년 프라하의 여러 문학잡지에 시작품을 다수 발표한 끝에 처녀 시집 『삶과 노래』를 자비로 출간하다.

1895년 우수한 성적으로 대학입학 자격을 취득하다. 프라하의 카를-페르디난트대학에서 겨울학기부터 예술사, 문학사, 철학 등을 공부하기 시작하다. 보헤미아 향토와 사람들을 노래한 두 번째 시집 『가신에게 바치는 제물』 출간.

1896년 여름학기부터 카를-페르디난트대학의 법률학부로 학부를 바꾸다. 단막극 「지금, 우리가 죽어 가는 시간에」가 상연되다. 뮌헨으로 가다. 뮌헨대학에서 두 학기 동안 예술사(르네상스 예술), 미학, 다윈 이론 등을 공부하다. 10월에 팸플릿 「치커리」 마지막 호 발행.

1897년 5월 12일 저녁 뮌헨에서 루 살로메(1861-1937)와의 운명적인 만남이 이루어지다. 가을부터 베를린대학으로 옮겨 학업을 계속하다. 시집 『꿈의 왕관을 쓰고』가 출간되고, 드라마 「첫서리 속에서」가 프라하에서 상연되다.

1898년 베를린, 이탈리아 피렌체 등지를 여행하다. 「피렌체 일기」를 비롯하여 많은 시들을 쓰다. 이탈리아에 있을 때 화가 하인리히 포겔러를 처음으로 만나다. 「슈마르겐도르프 일기」를 쓰기 시작하다. 시집 『강림절』과 단편집 『삶을 따라서』를 출간하다.

1899년 부활절 무렵에 루 살로메 부부와 함께 첫 러시아 여행(4월 24일부터 6월 18일까지)길에 나서다. 『기도시집』 제1부 「수도사 생활의 서」 집필. 「슈마르겐도르프 일기」를 계속 쓰다. 연말에 시집 『나의 축제를 위하여』와 산문 『사랑하는 하느님에 대하여 그리고 기타 이야기』 출간.

1900년 5월- 8월 루 살로메와 함께 두 번째 러시아 여행. 8월 26일에 독일로 돌아오다. 그 다음날 하인리히 포겔러의 초대로 북부 독일의 브레멘 근교에 있는 화가촌 보르프스베데로 가다. 여류 무용가 두제를 다룬 전기적 성격이 매우 강한 단막극 『백색의 여왕』이 9월 말에 출간되다. 「보르프스베데 일기」를 쓰기 시작하다.

1901년 4월 28일에 조각가 클라라 베스트호프(1878-1954)와 결혼하다. 9월에 『기도시집』 제2부 「순례의 서」의 집필과 완성을 보다. 드라마 「일상생활」이 베를린에서 상연되다. 『형상시집』의 초고를 베를린의 출판업자 악셀 융커에게 부치다. 12월 12일에 유일한 자식인 딸 루트가 출생하다.

1902년 5월 보르프스베데의 화가들을 다룬 전기 『보르프스베데』를 집필하다. 1902년 8월 28일부터 1903년 6월 말까지 처음으로 파리의 툴리에가(街) 11번지에 체류하다. 『형상시집』 출간, 게르하르트 하우프트만에게 헌정하다. 단편 소설 『마지막 사람들』 출간.

1903년 파리의 로댕 집에 묵으면서 그의 전기 「로댕론」을 쓰다. 대
도시 파리에서의 생활과 병으로 쇠잔해져 이탈리아의 휴양
도시 비아레조로 떠나다(3월 22일에서 4월 28일까지). 그곳
에서 『기도시집』 제3부 「가난과 죽음의 서」를 단 며칠 만에
완성하다. 그 후로 파리, 보르프스베데, 오버노일란트 등지
에 체류. 9월에 로마로 떠나 다음해 6월까지 그곳에 머물다.

1904년 『말테의 수기』를 쓰기 시작하다. 엘렌 케이 여사의 초대로
로마를 떠나 덴마크의 코펜하겐을 거쳐 스웨덴으로 가다.

1905년 10월 21일부터 11월 2일까지 첫 번째 강연 여행(드레스덴과
프라하에서 「로댕론」 강연). 『기도시집』 출간, 루 살로메에
게 헌정하다.

1906년 파리의 로댕 집에 기거하면서 비서 일을 보다. 두 번째 강연
여행. 3월 14일 프라하에 있는 아버지의 죽음. 사소한 일로
갈등이 생겨 로댕과 헤어지다. 『신시집』의 많은 부분을 쓰
다. 『형상시집』의 증보판 출간. 『기수 크리스토프 릴케의 사
랑과 죽음의 노래』 초판 출간.

1907년 1906년 12월 4일부터 다음해 5월 20일까지 카프리섬에 있는
디스코폴리 별장의 손님으로 머물다. 5월 31일에 다시 파리
로 가서, 6월 6일부터 10월 3일까지 카세트가(街) 29번지에
묵다(세 번째 파리 체류). 살롱 도톤느에서 폴 세잔느의 유
작전(遺作展)을 보고 큰 감동을 받다. 『신시집』의 상당수의
시를 쓰다. 10월 30일에서 11월 3일까지 세 번째 강연여행

(프라하, 브레스라우, 빈 등지). 유명한 관상학자이자 저술가인 루돌프 카스너와 만나다. 11월 19일에서 30일까지 베네치아 체류(시작품 「베네치아의 늦가을」을 쓰다). 베네치아의 여자 친구 미미 로마넬리와 우정관계를 맺다. 오버노일란트에서 새해를 맞다. 12월에 『신시집』이 출간되다.

1908년 베를린, 뮌헨, 로마(2월) 순으로 체류. 2월 29일에서 4월 18일까지 카프리 섬의 디스코폴리 별장에 묵다. 나폴리와 로마 체류. 5월 1일부터 8월 31일까지 파리의 캉파뉴-프르미에르에 묵고 8월 31일부터 1911년 10월 12일까지는 파리의 바렌느가(街) 77번지에 있는 호텔 비롱에 묵다. 여름에 『신시집 제2권』의 아주 많은 양의 시를 쓰다. 11월에는 두 편의 「진혼곡」을 완성하다(그 중 하나는 여류화가 파울라 모더존-베커를 위한 것이고, 다른 하나는 요절한 시인 볼프 그라프 폰 칼크로이트를 위한 것이다). 1904년에 시작한 『말테의 수기』의 많은 부분을 성공적으로 집필하다. 파리에서 혼자서 성탄절을 보내다. 『신시집 제2권』 출간, 로댕에게 헌정하다. 엘리자베트 브라우닝의 『포르투갈 여인의 소네트』를 번역하다.

1909년 가을에 슈바르츠발트, 바트 리폴트자우, 파리 등지로 여행. 12월 13일에 마리 폰 투른 운트 탁시스 후작부인을 만나다.

1910년 아드리아 해안에 있는, 탁시스 후작부인 소유의 두이노 성에 손님으로 가다. 5월 31일에 『말테의 수기』가 출간되다.

1911년 심리적으로 불안정한 시기를 겪다. 1910년 11월 19일부터

1911년 3월 29일까지 북아프리카 여행. 파리로 귀환. 탁시스 후작부인의 차를 타고 10월 중순에 파리를 떠나 리용, 볼로냐, 베네치아 등지를 거쳐 두이노 성으로 가다. 1911/12년 겨울 동안 두이노 성에 칩거하다. 게랭의 『켄타우로스』를 번역하다.

1912년 10월 22일부터 다음해 5월 9일까지 두이노 성에 머물다. 『두이노의 비가』의 몇몇 「비가들」(제1비가, 제2비가와 다른 몇몇 「비가」의 단편(斷片)들)과 연작시 『마리아의 생애』가 쓰여지다. 『막달레나의 사랑』 번역.

1913년 스페인 여행(톨레도, 코르도바, 세빌랴, 론다, 마드리드 등지). 여행 중 회교경전인 코란을 읽다. 프로이트를 비롯한 정신분석학자들과 만나다. 극작가 프란츠 베르펠과의 만남. 『제1시집』 출간. 『포르투갈 편지』 번역.

1914년 베를린에서 여류 피아니스트 마그다 폰 하팅베르크(일명 벤베누타['환영의 여인'이라는 뜻])를 만나다. 베네치아에서 벤베누타와 작별을 고하다. 6월 28일 제1차 세계대전의 발발. 7월 19일 독일로 돌아간 뒤 파리에 있는 재산을 전부 잃다. 라이프치히에 있는 출판업자 키펜베르크의 집에 묵다.

1915년 헤르타 쾨니히 여사의 집에 머물다. 그 집에 걸려 있던 파블로 피카소의 그림 「곡예사 일가」를 보고 깊은 감명을 받다. 가을에 어머니를 마지막으로 보다. 『두이노의 비가』의 네 번째 비가가 11월에 쓰여지다. 같은 달에 제1차 세계대전으로 인해 징병검사를 받고 징집되다.

1916년 빈에서 1월에서 6월까지 군복무. 전사편찬위원회 근무. 로
다운에 사는 시인 호프만스탈을 방문하다. 화가 코코쉬카,
카스너 등과 교제하다. 6월 9일에 군복무에서 해방되다. 뮌
헨으로 돌아가다.

1917년 뮌헨, 베를린 체류. 7월 25일부터 10월 4일까지 베스트팔렌
지방에 있는 헤르타 쾨니히 여사 소유의 장원인 뵈켈에 체
류하다. 12월 9일까지 베를린에 머물며 그라프 케슬러, 리하
르트 폰 퀼만 등과 만나다.

1918년 뮌헨 체류. 알프레트 슐러의 강연을 듣다. 인젤 출판사의 사
장 키펜베르크와 재회하고, 아이스너 및 톨러와 만나다. 혁
명에 동조하다. 나중에 시인 이반 골의 부인이 된 클레르 쉬
투더와 교제하다. 「루이스 라베의 스물네 편의 소네트」 번
역.

1919년 루 살로메와 재회. 릴케의 작품들이 불티나듯 팔리다. 6월
11일에 뮌헨을 떠나다. 스위스 강연 여행. 취리히, 제네바,
소질리오 등지에 체류. 빈터투어에서 라인하르트 형제 및
나니 분덜리-폴카르트와 만나다. 릴케가 '니케'(바다의 여
신)라고 부른 이 여인은 그가 어려움에 처할 때마다 도움을
아끼지 않았으며, 그의 임종까지도 지켜보게 된다. 『원초의
음향』 출간.

1920년 제네바에서 발라디네 클로소브스카(일명 메를리네)와 만나
다. 릴케는 그녀와 몇 년 동안 친밀한 우정관계를 맺는다.
11월 12일부터 1921년 5월 10일까지 베르크 암 이르헬 성에

머물다. 이때 연작시 「C. W. 백작의 유고에서」를 쓰다.

1921년 베르크에서 폴 발레리의 작품을 읽고 감명 받아 그의 시집 『해변의 묘지』를 번역하다. 5월 20일에서 6월 28일까지 에 토이 체류. 발라디네와 함께 스위스의 시에르에 도착하다. 6월 30일에 어느 쇼윈도에서 조그만 뮈조 성을 찍은 사진을 발견하다. 7월에 처음으로 뮈조 성을 찾아가다. 6월 26일에 뮈조 성으로 이사하다. 친구인 베르너 라인하르트가 빌려서 릴케에게 제공한 뮈조 성은 죽을 때까지 릴케의 안식처가 된다. 11월 8일에 발라디네가 떠나다. 발리스 지방에서 첫 번째 겨울을 보내다.

1922년 뮈조 성에 머물며 2월에 『두이노의 비가』를 완성하다. 『오 르페우스에게 바치는 소네트』의 집필 및 완성. 『젊은 노동 자의 편지』를 쓰다.

1923년 뮈조 성에서 부르크하르트, 레기나 울만, 베르너 라인하르 트, 카스너 등의 손님을 맞이하다. 8월 22일에서 9월 22일까 지 쉐네크 요양소에 체류. 10월, 11월 동안 발라디네와 함께 뮈조 성에 묵다. 『두이노의 비가』와 『오르페우스에게 바치 는 소네트』 출간.

1924년 발몽 요양소, 뮈조 성 체류. 프랑스어로 시를 쓰다. 4월 6일 에 폴 발레리와 처음으로 만나, 기념으로 뮈조 성의 정원에 두 그루의 나무를 심다. 아내 클라라가 찾아오다. 5월 중순 에 빈에 사는 처녀 에리카 미터러의 첫 번째 편지-시를 받 다. 이것이 그녀와 릴케 사이에 계속된 「시로 쓴 편지」의 동기가 된다. 바트 라가츠에서 탁시스 후작 부인과 함께 보내다. 8월 2일에 다시 뮈조 성으로 돌아오다. 9월에 로잔, 11월 초에 베른 체류. 11월 24일부터 다음해 1월 6일까지 발몽 요양소에서의 두 번째 요양.

1925년 1월 7일에서 8월 18일까지 생의 마지막으로 파리에 체류하다. 그의 작품(『말테의 수기』)을 번역한 모리스 베츠와 이야기를 나누다. 폴 발레리의 『시작품』 번역.

1926년 1925년 12월 20일 저녁부터 26년 5월 말까지 발몽 요양소 체류, 6월 1일에 시에르의 뮈조 성으로 가다. 프랑스어로 시를 쓰다(「장미」, 「창문」). 프랑스어 시집 『과수원』 출간. 발레리의 대화체 산문 『유팔리노스, 또는 건축술에 대해서…』 번역. 9월 중순 앙티에서 발레리와 만나다. 11월 30일에 다시 발몽 요양소로 가다. 그곳에서 12월 29일 새벽 백혈병으로 영면(永眠)하다.

1927년 1월 2일 릴케 자신의 유언에 따라, 라롱에서 좀 떨어진 높은 언덕 위에 위치한 교회 옆에 묻히다.

『사랑하는 하느님 이야기』 속 한움큼의 진실과 위안

1.

총 13편의 이야기를 담고 있는 이 작품집은 릴케가 자신의 초기 작품 중에서 아주 사랑했던 이야기들로 꾸며져 있다. 첫 번째 이야기는 도입부로서 전체를 안내해주는 역할을 하고 이어서 열두 편의 동화가 각각의 개성 있는 모습으로 펼쳐진다. 1899년 11월 10일에서 21일까지 불과 열흘 남짓한 기간 동안에 생겨난 이 이야기들은 본래는 1900년 성탄절 직전에 '사랑하는 하느님에 대하여 그리고 기타 이야기. 아이라고 하기엔 큰 아이들을 위해'라는 제목으로 처음 출간되었으나 1904년에 개작을 거치며 더 간단해진 '사랑하는 하느님 이야기'라는 표제로 다시 출간되어 릴케의 스웨덴 벗이자 교육학자이고 여성인권운동가인 엘렌 케이(1849-1926)에게 헌정되었다. 릴케는 엘렌 케이의 논문집 『어린이의 세기』에 대해 브레멘에서 발행하는 한 신문에 서평을 쓴 바 있는데 그녀를 위해 이 작품집을 헌정한 것은 이 작품이 담고 있는 내용과 아주 부합하는 행동이었다고 판단된다. 원래 릴케는 그녀에게 부탁을 하여 작품집 앞에 짧은 머리글을 써달라고 했고, 그녀 역시 호응하여 글을 써주었으나 인쇄 전에 글을 받아본 그는 마음을 바꾸어 책에 싣지 않기로 한다. "작품은 작품대로 홀로 남아야 한다"는 것이 그 이유이다. 릴케가 이런 동화를 지은 것은 그의 말대로 "하느님을 소문뿐인 공간에서 매일 직접적으로 경험할 수 있는 영역으로 모셔오기" 위함이다.

전체적으로 보자면, 형식면에서는 하나의 화자가 여러 청자들에게 들려주는 동화인데 각 동화마다 액자소설의 구성을 갖는다. 화자가 만들어내는 틀이 전체 열세 편의 작품의 얼개 역할을 한다. 여기에 쓰인 액자소설 형식은 서술 상의 진실성을 부여한다는 것이 가장 큰 장점이다. 화자가 자신의 생각을 강변하는 것이 아니라 누구에게 이런 이야기를 들었다고 하며 이웃 여인, 교장 선생님, 건물 소유주 같은 소시민 신분의 사람이나, 아니면 그와 대조되는 몸이 불편한 친구 에발트에게 들려주기도 하고 들어주는 사람이 없으면 어둠에게도 들려주어 이야기의 진실성과 아기자기함을 확보한다. 화자의 이야기를 들어주는 사람의 신분이나 위상에 따라 이야기의 전달 양식도 달라진다. 그러나 아이들을 주 대상으로 함으로써 기본 음조는 아주 소박하고 단순하며 따뜻하다. 화자는 각 동화의 끝에 가서 어른들에게 아이들에게 이야기를 꼭 들려주라고 부탁한다. 이야기의 시작은 늘 아주 평범한 만남으로 시작한다. 이를테면 이웃집 여인과 우연히 마주쳐 평범하게 날씨 이야기도 하고 아이들은 잘 있느냐는 이야기도 하다가 서로 약간의 짬이 나면 화자가 수신자인 이웃집 여인에게 이야기를 들려주는 식이다. 잔잔함 속에서 은근히 상상력이 펼쳐진다. 이야기를 들려주는 화자는 이야기의 결론을 내지 않고 아이들에게 들려줄 때는 더 열린 형태로 들려주기를 다른 청자에게 권한다.

2.

이 이야기는 1899년 11월에 생성되었으므로 이 시기에 겪은 릴케의 커다란 두 체험, 즉 1898년의 이탈리아 피렌체 기행과 1899~1900년의 러시아 여행이 내용상의 배경을 형성한

다. 햇빛 반짝이는 이탈리아에서 본 것이나 광활하고 어둠에 잠긴 러시아에서 본 것이나 공통점은 하느님에 대한 릴케의 생각이다. 하느님이나 죽음 등 우리의 이성이 달의 뒤편으로 밀어낸 것들에 대하여 어린아이들을 상상의 세계로 안내하되, 거기서 거짓을 말하는 것이 아니라 참된 것을 참되게 말하고자 함이 이 작품집에 숨겨져 있는 의미이다. 엄연히 동화 형식을 취하고 있지만 독일낭만주의 이래로 고정되어 있는 이른바 '메르헨'은 아니다. 아기자기한 유머와 인간적 따스함이 스미어 있어 읽는 이로 하여금 미소를 머금게 하기 때문이다. 그러나 아이들을 대상으로 하면서도 테마는 예술이나 창조, 종교 등을 다루는데, 액자소설 형식을 취한 것이나 아이들을 주된 수신자로 한 것이나 틀에 박힌 어른들의 사고를 깨뜨리고 정말로 하고 싶은 이야기를 허심탄회하게 편견 없이 해보자는 뜻이다. 원래의 초판 제목에 들어가 있던 '아이라고 하기엔 큰 아이들을 위해'라는 부제가 이런 복잡한 상황을 잘 설명해준다.

앞에서 말한 이 중 수신자 장치는 한 편으로 고정되어 있는 전통적인 하느님이나 죽음에 대한 생각을 자유롭게 펼칠 수 없는 여지의 공간을 마련해준다. 동화의 순진함이나 순박함의 형태를 취한 것은 중요한 테마에 대하여 보다 진실한 답을 구하기 위함이다. 아이들이 하는 질문이나 답이 이에 대한 실례이다. 일례로 조각가가 만든 인간의 형상에다 벌거벗었으니 안 되고 옷을 입혀서 공원에서 전시해야 한다는 말이나, 거지에게 무릎을 구부리려며 돈을 건네준 아이를 본 자선단체 임원의 거부적 행동은 릴케가 초기에 행한 기독교의 잘못된 점에 대한 비판의 내용을 담고 있다. 이렇게 본다면 이 작품집에 나오는 하느님을 기독교의 하느님이나 예수로 동일시하기는 어렵다. 오히려 어떤 모습이든 취하면서 이 세상 어디에나 영향을 끼칠 수 있는 따스한 존재로 보는 게 맞을 듯하다.

3.

첫 장을 여는 「하느님의 두 손에 대한 동화」는 창세기를 빗댄 이야기이다. 릴케는 무엇보다도 "손"에 주목한다. 릴케의 작품에서 손은 늘 주목의 대상이며 『로댕론』에서도 그가 많은 비중을 두어 비평한 작품은 바로 「하느님의 손」이다. 창조를 직접적으로 행하는 주체로서의 손에 대한 관심은 예술가의 입장에서는 당연히 클 수밖에 없다. 다만 그 과정을 릴케는 독특한 상상력을 발휘하여 재미있게 전개한다. 하느님은 두 손에게 인간의 모습을 만들어보라고 한다. 하느님은 지상을 예의주시하려고 그랬던 것인데 두 손이 반죽을 만들어 인간을 빚다가 그만 인간을 지상에 떨어뜨리고 만다. 그러므로 인간은 미완의 상태로 지상에 도달한다. 하느님이 두 손을 꾸짖는 사이 하늘나라에서는 시간이 잠깐 지났지만, 지상의 시간은 벌써 수 천 년이 흐르고 만다. 그 사이 인간들은 번성하여 수많은 인간들이 지상을 뒤덮고 있고 그때 지상을 내려다본 하느님은 도무지 인간의 모습을 제대로 볼 수가 없다. 이것을 바탕으로 하여 「하느님은 왜 가난한 사람들이 존재하기를 원하나」등등, 여러 동화가 전개되어 나아간다. 하느님은 인간의 본 모습을 보기 위해서 화가, 조각가, 시인 같은 예술가들에게 의존한다. 「낯선 남자」에 오면 앞서 끊겼던 '손' 이야기가 계속되면서 하느님은 바울을 불러 하느님의 오른손을 자르게 하여 지상으로 내려보내 인간의 모습을 알아오라 한다. 잠시 후 지상의 어느 산에서 벌어지던 이상한 행사를 보던 중—"쇠로 된 옷을 입은 남자들"이 지켜보는 가운데 붉은 옷을 입은 어느 한 사람이 뭔가를 짊어 메고 힘들게 산을 오르는 모습인데, 아마도 쇠로 된 옷을 입은 남자들 즉 로마 병사들이 뒤따르는 가운데 예수가 십자가를 메고 골고다 언덕을 올라가는 광경을 상징한 듯하다—그게 오른손인 줄 알아챈 하느님의 왼손이 몸부림을 치는 바람에 상처를 막고 있던 왼손이 풀리며 피가 지상에 뿌

려져 하느님이 이번에도 지상의 모습을 제대로 내려다볼 수 없는 상황에 처한다. 그런데 동화의 화자는 이때 낯선 남자에게 아마도 당신이 그 오른손이 아니었던가 하고 묻는다. 하느님의 손은 이렇게 지상에 남아 떠돌며 명예도 이름도 내세우지 않고 자신이 할 일만 묵묵히 한다는 이야기이다.

그 다음에 나오는 손은 이탈리아 하늘을 뒤덮고도 남을 만큼 큰 미켈란젤로의 손이다. 「돌에 귀 기울이는 남자」 이야기이다. 하느님이 보기에 대단히 엄숙한 광경이다. 창조를 한다는 것은 이렇게 돌에까지 귀를 기울여 사물에게 고유한 생명력을 불어넣어주는 것이다. 여기서 본디 하느님이 천지를 창조할 때 구가했던 특성이 나오게 된다. 이것은 바로 하느님이 바라는 바이다. 그러기 때문에 미켈란젤로는 자신의 위에 있는 힘을 느끼고 그 힘에 겸손한 태도로 임한다. 이것은 예술가가 지녀야 할 기본적인 자세를 말한다. 하느님이 창조해야 할 일을 예술가가 맡아서 함으로써 하느님도 자신의 공간이 더 넓어진 것을 느낀다. 그래서 하느님도 이렇게 느낀다. "천사들은 노래를 부르며, 반짝이는 물이 가득 든 항아리를 들고 다니듯, 목말라 하는 별들 사이를 누비며 다녔지요. 하늘은 끝간데가 없는 것 같았죠." 하늘나라가 더 넓어진 것은 예술가들의 창조 덕분이며 하느님도 답답함을 벗어나게 된다. 위대한 예술가는 자연과 하느님을 중재하는 역할까지 맡는다. 아무것도 들어 있지 않을 것 같은 바위 속에서 하느님의 목소리를 들을 줄 아는 직관력은 위대한 예술가만이 가질 수 있는 은총이다. 예술가에게 특별한 지위를 부여하는 면에서 그의 예술관 속에 낭만주의적 예언가적 예술가관이 들어 있음이 엿보인다. 아무나 하지 못하는 것을 하고 그것을 주위에 알린다는 면에서 더욱 그렇다. 여기서 중요한 것은 무엇보다 마음의 자세, 즉 진정성이다. 이렇게 보면 릴케의 의도가 무엇인지 어느 정도 짐작이 간다. 순진한 동화의 형식을 취하여 은근히 심미적인 논의까지 이끌어낸다. 인간의 벌거벗은 모습을 보려는 하느님의 노력은 눈먼 티모페이 노인이 부르는 가슴속에서 울리는 노래와 상응한다. 단순히 사물을 모방하는 것이 아니라 인간의 진심이 배어 있는 것을 추구하고자 하는 정신이 이 동화들 속에 숨 쉬고 있다. 러시아를 노래할 때에는 하느님을 속인 공포의 황제 이반 이야기도 나온다. 진실을 숭배하지 않은 그에겐 이후 배신만이 기다릴 뿐이다. 「정의의 노래」에서는 하느님이 눈 먼 음유가수의 모습으로 등장하여 세상에 정의를 베풀고자 한다. 창조, 가난, 겸손, 순수, 진실 등이 하느님의 속성과 연결되면서 궁극적으로는 예술 세계와 연관을 맺는다. 예술적 열망의 현실적 표현은 「베네치아 게토의 한 장면」에서 유대인 노인이 게토 지역에서 가장 높은 곳에 올라 바다를 보는 것에서 정점을 이룬다. 열망이 강하면 하느님을 볼 수 있고 그것은 예술가에겐 열정으로 나타난다.

「골무는 어떻게 하느님이 되었는가」에서는 어린아이들이 등장하여 어른들의 독선적인 태도를 비난하고, 일곱의 아이들이 가지고 있던 소지품 중 하느님으로 정한 골무를 하루씩 정하여 지니기로 한다. 그것을 가진 아이는 하느님을 가진 것이 된다. 상당히 상징적이고 우의적인 표현이다. 어린 시절엔 하느님을 믿지만, 커서 어른이 되면 하느님을 잃고 만다는 것이 우의적으로 표현되어 있다. 아이들은 하느님과 가까이 하고 그의 존재를 진정으로 믿고 행한다는 면에서 가난한 자와도 같으며 예술가와도 같다.

동화를 전면에 내세우면서 릴케는 인간의 본질과 삶의 진실에 대해 이야기하는 가운데, 우리의 의식의 겉껍질을 이루고 있는 것들, 즉 가식이나 배신, 거짓, 화려한 옷, 남에 대한 잘못된 배려 등을 비판하고 진실한 삶이 진실한 자세를 갖춘 예술과 어떻게 하나가 될 수 있는지를 따스한 눈길로 보여준다. 각 개의 작품들을 차분히 읽어나가다 보면 우리 삶에서 무엇이 진실이고 무엇이 가짜인지 가슴에 와 닿는 부분이 있으리라 믿는다.

4.

번역을 하면서 릴케의 표현과 생각이 제대로 잘 드러나도록 하려고 많은 고민을 해보았다. 비교적 초기 작품에 속하지만 이미 릴케 문학의 뿌리가 곳곳에서 드러나 보이기 때문에 어린아이들을 위해 쉽게 쓴 것 같은 문체 속에 가끔 강한 돌부리가 숨어 있음에 당혹감을 느끼기도 한다. 릴케의 문체가 원래 그렇지만, 가을날의 소나무 그늘 같아서 그 서늘함을 표현해내기가 만만치는 않다. 잘못하면 너무 추워지거나 뜨거운 가을 햇살이 되기 십상이기 때문이다. 초기 작품이면서도 이미 『말테의 수기』와 같은 기운이 느껴지기도 해서, 곳에 따라서는 산문 속에 숨어 있는 운문의 기운을 가려내야 하는 어려움도 있다. 그리고 또 어둠에 잠긴 러시아 성화를 보는 듯한 시작법을 구사하는 릴케라서 분명히 말할 곳에서 흐릿하게 번지는 문체를 구사하는 것도 잘 파악해야 했다. 이미지를 타고 버팀대를 오르는 담쟁이덩굴 같은 표현은 릴케의 특허이므로 이 면은 그간의 경험을 살려 되도록 우리말로 소생시키려고 노력했다.

『사랑하는 하느님 이야기』는 부드럽고 따뜻한 작품이다. 릴케의 작품 속에서 위안의 요소를 찾으려고 하면 아마 이 작품에서 많은 것을 찾을 수 있으리라 생각된다. 그래서인

지 이 작품집은 1904년 두 번째 판 이후부터는 릴케 생시에
만 해도 12쇄를 거듭했으며 지금까지 한 번도 절판된 적이
없다. 지금도 영어, 프랑스어, 스페인어, 이탈리아어, 네덜란
드어, 스웨덴어, 폴란드어, 체코어, 일본어 등으로 번역되어
세계 많은 독자의 사랑을 받고 있다. 이 모든 것이 세상의
사물을 바라보는 릴케의 따뜻한 눈길에서 연유한다고 생각
한다. 화자의 이야기를 들어주는 청자 중 몸이 불편한 에발
트를 일컬어 표현한 말, 좀 길지만 인용해 보면 여기서 릴케
특유의 온유함이 느껴진다.

몸이 불편한 사람한테 이야기를 해준다는 것, 이 얼마나 기쁜
일인가! 건강한 사람들은 변덕이 죽 끓 듯한다. 그들은 사물들을
이 각도에서 보았다, 저 각도에서 보았다 한다. 이들 건강한 사람
들과 한 시간 정도 함께 걷다 보면 애당초 이들이 오른쪽에서 걷
고 있었는데, 갑자기 대답이 왼쪽에서 들려오기도 한다. 그렇게
하면 더 예의가 있어 보이고 교육을 더 잘 받은 것처럼 보인다는
바로 그 한 가지 이유 때문이다. 몸이 불편한 사람에게선 이런 걱
정은 안 해도 된다. 움직일 수 없는 그의 처지가 그를 사물과 같은
존재로 만들어준다. 실제 사물들과도 그는 친밀한 관계를 맺고 있
다. 그러니까 이런 부동성은 그를 다른 사물들보다 훨씬 우월한
사물로 만들어준다. 왜냐하면 그는 침묵하는 자세로도 귀 기울이

고, 간혹 조용한 말을 던지며 귀담아 듣기도 하고, 그리고 부드러우면서도 경건한 감정을 표현하면서도 경청할 줄 아는 사물이기 때문이다.

사물 같은 자세와 중력의 법칙, 즉 인내는 릴케가 자신의 삶과 예술에서 가장 큰 덕목으로 삼았던 말이다. 가을을 노래한 릴케의 시에서 오히려 떨어짐을 더 힘주어 노래하듯 떨어짐은 중력의 법칙에 마음을 맡기는 일이고 이는 겸허함 속으로 낙하하여 삶을 되돌아보는 성찰의 자세를 갖추는 것에 다름 아니다. 박용철이 말했던 대로 세상을 다르게 보는 그리하여 올바르게 보려고 노력한 "비켜선 자"로서의 시인 릴케에게서 한움큼의 위안이 독자의 가슴에 안착하기를 바란다.

우리말 번역을 위하여 사용한 독일어 텍스트는 〈Rainer Maria Rilke: Werke. Prosa und Dramen. Kommentierte Ausgabe in vier Bänden. Herausgegeben von August Stahl. Bd. 3. Frankfurt am Main 1996〉이다.

2011년 초가을
김재혁